마왕학원의 반역자

2

~인류 최초의 마왕후보,
권속 소녀와
왕좌를 노린다~

후훗, 마음에 든 것 같네.

히메가미 리제르

완전 꼴사납잖아.
잘난 듯이 말해놓고 말이야.
역시 **인간** 따위는 이 정도지.

이비자,
네놈의 고유마법은 최악이다……

SERVICE

네이트·카르낙

호시가오카 스텔라

마왕학원의 반역자

쿠지 마사무네 지음 / kakao 일러스트 / 박정철 옮김

커버 · 컬러내지 · 본문 일러스트
kakao

미츠이시 이비자

'데빌'의 마왕후보. 활발하게 행동하지만 냉혹하고 무자비하다.
다른 사람의 마음을 현혹하는 힘을 가지고 있다?!

호시가오카 스텔라

'스타'의 마왕후보.
마족이자 현역 인기 아이돌.

네이트 · 카르낙

'채리엇'의 마왕후보.
금발에 갈색 피부를 가진 소심한 미소녀.

코우마 루키

'져지먼트'의 마왕후보. 붙임성 있는 낭자애.

아스피테 · 라인

'월드'의 마왕후보.
'월드 · 리비전'의 힘을 가지고 있지만 유우토에게 패배한다.

등장 인물 소개

모리오카 유우토

'러버즈'의 마왕후보. 인류 최초의 마왕후보로 선택받았다.
'인피니트 · 러버즈'의 힘으로 다른 마왕후보와 맞선다.

히메가미 리제르

'러버즈'의 퀸. 유우토를 마왕으로 만들어주겠다고 끌어들인
장본인이며 착실하고 성실한 누님.

유우가오제 미야비

'러버즈'의 프린세스. 날라리 같고 기가 세 보이는 분위기를
내는 것과는 반대로, 본성은 성실하고 밀어붙이는데 약하다.

코이와이 레이나

'러버즈'의 나이트. 덜렁이지만 검의 달인.
치유 담당.

간도 바르바토스

긴세이 학원의 교장 겸 현 마왕.
마계의 절대적인 지배자이지만 평소에는 표표한 아저씨.

Prologue

그 남자는 최고로 즐거운 웃음을 지으며 소녀들을 둘러봤다.

"예~이!! 분위기 완전 좋다아아아아아아!"

"예~~~~~~이♡!!"

그를 둘러싼 열 몇 명의 소녀들도 큰소리로 환성을 질렀다.

어두운 방에서 색색의 라이트가 눈이 핑핑 돌도록 춤췄다.

커다란 스피커에서는 배가 쿵쿵 울리는 EDM이 울려 퍼졌다.

여자들은 모두 선정적인 속옷을 입고 남자에게 아양을 떠는 시선을 보내고 있었다.

남자는 미남이었다.

금색 머리칼에 아름다운 용모. 살짝 어른스러운 아름다움을 지니고 있었지만, 구김살 없는 밝은 미소는 산뜻해서 어딘가 소년다움이 느껴졌다. 대부분의 여성이 좋아할만한 미소였다.

키는 커서 180이상. 반쯤 벗은 셔츠 사이로 햇볕에 탄 가슴팍과 적당히 단련된 복근이 엿보였다.

"좋네~ 최고야! 최고의 밤이야! 마시자! 춤추자! 다들!!"

소녀들도 그에 응하듯이 교성을 지르며 건배를 반복했다. 그리고 음악에 맞춰 허리를 흔들고 몸을 비틀며 요염한 댄스를 즐겼다.

하지만 그런 소녀들을 헤치며 한 명의 소녀가 다가왔다.

머리칼을 포니테일로 묶은 의연한 분위기가 느껴지는 미소녀다. 그녀의 눈은 날카롭고 도전적이었다. 이 공간에서는 소녀가 입은 긴세이 학원의 교복이 굉장히 붕 떠 보였다.

소녀는 남자 가까이까지 다가가 울려 퍼지는 음악에 지지 않도록 큰소리로 외쳤다.

"마키를 돌려받으러 왔어!!"

"오~, 이거 엄청난 게스트잖아! 2학년 레베카 · 칼슨이지?! 서프라이즈! 한 느낌인데?"

레베카는 경박하게 대답하는 남자를 못마땅하다는 듯이 노려봤다.

"사람이 하는 얘기 좀 들어! 마키는 내가 데려갈 거라고!!"

남자는 진심으로 곤란하다는 표정으로 한탄하듯이 대답했다.

"그런 말을 해도 말이야~, 마키는 자기가 좋아서 내 곁에 있는 거라구? 억지로 떼놓으면 불쌍하잖아! 사랑이 없단 말이야!!"

"뭐? 사랑……?"

레베카는 더러운 것이라도 보는 듯한 눈으로 반라의 소녀들을 둘러봤다.

"……뭐가 사랑이야. 사랑에서 가장 먼 곳에 있는 주제에."

레베카는 자기 옆에 있던 한 소녀의 팔을 잡았다.

"가자. 마키."

마키라고 불린 소녀는 섭섭하다는 듯이 대답했다.

"에엣~?! 그건 싫어, 레베카. 난 여기서 주인님을 위해 헌신할 거야♥"

"헌신하다니…… 잠깐?!"

마키는 음탕한 웃음을 짓고는 갑자기 레베카에게 안겼다.

"있잖아~, 레베카도 여기서 기분 좋아지자~."

그리고 교복 위로 가슴을 주무르기 시작했다.

"잠깐만…… 그, 그만해, 마키! 어떻게 된 거야?!"

레베카는 분노가 서린 눈빛으로 남자를 노려봤다.

"큭…… 너! 대체 마키한테…… 이 애들한테 무슨 짓을 한 거야?!"

"그녀들에게는 내 행복을 아주 살짝 나눠줬지!"

남자는 티 없이 맑게 웃으면서 대답했다.

"뭐?"

"나를 사랑해도 된다는 행복을 말이야!!"

"……? 무슨 소리를──?!"

마키는 레베카의 치마를 젖히고 속옷 안에까지 손을 뻗어왔다. 레베카는 당황해서 마키의 손에서 벗어나 남자를 향해 외쳤다.

"우, 우리한테는 유우가오제 님의 비호도 있다고! 그 말은 히메가미 리제르 님과도 연결이 되어 있다는 뜻이지! 그냥은 안 넘어갈 거라고!!"

그건 최대한의 위협이었다. 하지만 남자는 개의치 않았다.

"흐음~ 그렇구나. 그보다, 알고 있거든."

그 순간, 울려 퍼지고 있던 음악이 사라졌다.

"너희가 유우가오제의 부하라는 것 정도는."

남자의 눈동자가 빨갛게 빛났다.

"······?!"

남자 앞에 붉은 마법진이 떠올랐다.

그 속에서 뭔가가 뱀처럼 스르륵 기어 나왔다.

──그것은 붉은 사슬에 연결된 붉은 목줄.

"우리가 유우가오제 님의 부하라는 걸 알고 있는데, 어째서······ 대체 뭘 꾸미고 있는 거야?!"

붉은 목줄은 사냥감을 잡으려는 것처럼 레베카에게 기어갔다.

하지만 당사자에게는 보이지 않는지 완전히 무방비했다. 목줄이 자신의 목에 감겨있는 것도 알아차리지 못하고 남자에게 계속 질문했다. 하지만──.

"······어라?"

목줄의 벨트가 조여졌을 때, 레베카는 입을 다물었다.

"그러니까 말이야~, 레베카도 날 도와주면 좋겠어!"

레베카의 표정에서 분노와 초조함이 사라져갔다.

"······정말이지, 어쩔 수 없네. 뭘 해줬으면 좋겠어?"

"난 유우가오제 가의 영지가 필요하단 말이지······ 레베카네 집은 유우가오제의 재산 관리 같은 것도 하고 있잖아? 권리가 내 것이 되거나 하면 엄~청 도움이 될 텐데~"

레베카는 어쩔 수 없다는 듯이 한숨을 쉬었다.

"어쩔 수 없네. 어떻게든 해볼게."

"뭐?! 하지만 어렵지 않아? 정말로 할 수 있어?"

"아버지를 속이면 말이지. 마계의 소환이 있다고 날조하면 어떻게든 돼. 계약에 관한 건 나도 알고 있으니까, 네 영지로 바꿔 쓰는 건 간단해."

남자는 손뼉을 치며 기뻐했다.

"대단해애! 역시 레베카야!"

레베카는 볼을 붉히고 인상을 쓰면서 고개를 돌렸다.

"따, 딱히 대단할 거 없어, 그 정도는. 그야, 난 능력 있는 여자인걸."

"아니 진짜로 대단하다니깐! 능력 있는 여자야! 너무 뛰어나. 역시 내 여자야!"

레베카는 놀란 얼굴로 남자를 바라봤다. 그 얼굴이 새빨갛게 물들어갔다.

"내, 내…… 여──."

"아~ 레베카 치사해~. 내가 먼저 주인님을 사랑했는데~."

마키가 불만스러운 표정을 지으며 레베카에게 안겼다.

"으, 응…… 미안해. 그치만, 기뻐♥"

"하하하, 둘 다 싸우면 안 돼! 난 둘 다 사랑하니까!"

마키는 아직 납득이 안 된다는 듯이 남자를 올려다봤다.

"그럼 나도 유우가오제를 배신할 거야! 우리는 문서 관리를 맡고 있으니까, 위험한 증거를 날조해서 마계에 보고해버릴 거야!"

그러자 다른 여자들도 제각기 소리치면서 남자에게 몰려들었다.

"저도! 저도 유우가오제의 발목을 잡을게요!"

"저희 집도 유우가오제의 부하였지만, 배신할게요!!"

"저, 저도 방해할게요!"

"하하핫! 모두의 사랑이 무겁구나!! 하지만 괜찮아! 난 모두를 사랑하고 있어~!! 좀 더 나에게 애정을 쏟아줘, 사랑을 바쳐줘!"

레베카는 홀린 것처럼 대답했다.

"나, 나도 바칠게!"

"감격했어, 레베카! 날 얼마나 사랑하는 거야? 뭘 바칠 거야?"

"내, 내가 가진 건 전부…… 그래, 전부 줄게!!"

"그 말은 레베카의 몸도?"

그러자 레베카는 볼을 빨갛게 물들이며 부끄러운 듯이 고개를 숙였다.

"나, 나 같은 것의 몸으로도 좋다면…… 마, 마음대로 하면 되잖아. 난 전부 준다고 했으니까. 목숨도…… 네 것이라고!!"

"뭐엇?! 목숨도?!"

그러자 다른 소녀들도 똑같이 맹세했다.

"저도 주인님을 위해서라면 죽을 수 있어요!!"

"저도 헌신할게요! 그게 최고의 기쁨이에요!!"

"모든 걸 바치게 해주세요!!"

남자는 기분 좋게 팔을 위로 뻗었다.

"최고야! 완전 최고야 아자!! 예~~~~~~~~이!!"

다시 격렬한 댄스 음악이 흐르기 시작했다.

"다들 사랑해~!! 그러니까 나를! 다음 마왕으로 만들어줘!! 모두의 힘으로!!"

노예 소녀들은 황홀한 웃음을 지으면서 제각기 외쳤다.

"차기 마왕은 당연히 주인님이에요!"

"저희를, 세계를, 모든 것을 지배해주세요!!"

"'데빌' 아르카나를 소유한 최강의 마왕 후보!"

"마왕 중의 마왕!!"

"미츠이시 이비자 님!!"

소녀들의 목소리가 악마의 팰리스에 울려 퍼졌다.

마왕학원의
반역자

제1장

'데빌'의 마왕후보

아스피테와의 싸움이 끝난 다음 주다.

"그럼 오늘 수업은 끝입니다. 다들 조심해서 집으로 돌아가세요."

따뜻하게 미소 짓는 사람은 나카노 츠루코 선생님. 서글서글한 분위기를 가진 미인으로, 말투도 수업 방식도 고상하다.

"다음 주는 고문의 역사와 처형 방법에 대한 쪽지 시험을 칠 예정이니 잘 복습해두세요."

하지만 담당 교과가 '고문과 처형'이라는 게 정말 어울리지 않아서 무서움이 배가되었다.

그건 그렇고 역시 마족의 학교라고 해야 할까, 수업 과목이 굉장히 독특하다.

마법, 격투기, 암살과 같은 직접적인 것부터, 인간을 지배하는 방법, 영지 운영, 정치경제, 모략, 전략, 프로파간다 같은 것까지 다양했다.

마족의 학교 중에서도 이곳 긴세이 학원—— 통칭 '마왕학원'은 문자 그대로 마왕을 비롯한 지배자층을 양성하는 학원이다. 수업 과목에 지배, 관리에 도움이 되는 내용이 많은 것도 그 때문인지도 모른다.

하지만 평범하게 현대 국어나 수학과 같은 수업도 가끔 있어서 오히려 위화감이 장난 아니었다.

어쨌든 수업은 끝.

여전히 나에게 말을 거는 반 친구는 없다.

교실을 불태운 사건 이후로 아무도 눈을 맞춰주지 않았다. 노골적으로 적의를 보이거나 괴롭힘을 받는 것보다는 낫지만, 살짝 쓸쓸하긴 하다.

뭐, 다행히 방과 후에는 팰리스에 집합해서 리제르 선배와 미야비에게 특훈을 받는 일과가 있다. 덕분에 그렇게까지 고독을 느끼는 일도 없거니와 낙담하는 일도 없지만.

난 가방을 한 손에 들고 미야비의 자리로 갔다.

"미야비, 팰리스로 갈까."

하지만 미야비의 대답은 없었다.

멍하니 책상 한 곳을 계속해서 바라보고 있었다. 내가 눈앞에서도 알아차릴 기미가 보이지 않았다.

위에서 내려다보니, 풀어헤친 가슴팍을 통해 가슴의 계곡을 마음껏 볼 수 있었다. 살색 계곡에 의식이 빨려 들어갈 뻔했지만, 꾹 참았다.

"이봐, 미야비? 왜 그래?"

"——어?"

지금 알아챈 것처럼 고개를 들었다.

"햐아?! 유우토가 불쑥 나왔어?!"

"진짜로 지금 알아챈 거냐…… 무슨 일 있어?"

"따, 딱히 아무 일도 없는데?! 그보다, 꽤 하잖아! 내가 눈치 못 채게 딱 달라붙다니!"

"그렇게까지 가깝진 않잖아. 그보다, 팰리스에 안 가?"

15

"헤? 앗, 가, 갈게! 갈래 갈래!!"

왠지 모르게 울림이 야했지만, 애써 무시하고 '러버즈'의 대기실인 팰리스로 향했다. 팰리스라고 해도 같은 교사 안에 있는 방이지만.

하지만 다른 마왕 후보 중에는 학원 부지 안에 독립된 별채를 세운 녀석도 있다고 한다. 거기에는 본인의 실력과 경제력, 그리고 신분이나 격식 등이 영향을 끼친다고 한다.

약소 '러버즈'의 마왕후보인 데다가 인간인 나는 그런 걸 바랄 수조차 없었다.

'러버즈'의 팰리스에 도착. 문을 여니,

"어머, 유우토. 그리고 미야비도."

리제르 선배는 창가의 의자에 앉아 우아하게 차를 즐기고 있었다.

오늘도 선배는 아름다웠다.

윤기가 흐르는 검은 머리카락도, 보석처럼 반짝이는 파란 눈동자도, 완벽한 미를 표현한 듯한 얼굴도, 여성의 미와 에로스를 의인화한 듯한 몸도, 그 모든 것이 최고였다.

설령 교사에 있는 한 방이라고 해도, 리제르 선배가 있는 것만으로도 웅장하고 아름다운 궁전처럼 느껴졌다.

"늦어서 죄송합니다. 실례합니다."

"야호~!! 자~ 오늘도 팍팍 힘내자!!"

리제르 선배는 언제나처럼 아름답고 온화한 모습으로 나에게 미소 지었다.

"후훗, 안녕. 하지만 여긴 유우토의 팰리스니까 실례하고 있는 건 우리 쪽이야. 그리고 미야비, 아무리 친해도 예의는 지켜야지. 인사 정도는 제대로 해."

미야비는 입을 삐죽이 내밀며 고개를 돌렸다.

"정말이지~ 선배는 여전히 딱딱하다니깐~."

결국 리제르 선배는 인사를 하지 않는 미야비를 보고 한숨을 쉬면서도 두 사람분의 차를 준비해줬다. 살짝 단 향이 나는 홍차였다.

"향이 좋네요."

"마리아쥬 프레르의 새로운 블렌드야. 마음에 든다니 다행이네."

전혀 몰라서 '그렇구나~'라고밖에 말하지 못하는 자신이 한심했다.

"흠~, 이것도 좋지만, 난 마르코 폴로 쪽이 좋은데."

뭐야 그게? 마르코 폴로라면 동방견문록을 쓴 아저씨지? 밀크 폴로를 잘못 말한 거 아니지?

"혹시…… 이 홍차, 알고 있어? 미야비?"

"어? 뭐, 그냥…… 아니, 왜 그렇게 놀라는 거야?"

"그도 그렇게 이미지와는 다르다고 해야 할까, 뭔가 아가씨 같아."

"무슨 뜻이야?! 이래 봬도 나도 유우가오제 변경백의……."

말하는 사이에 미야비의 텐션이 점점 떨어져 목소리가 작아졌다. 결국에는 입을 다물고 고개를 숙이고 말았다.

"왜 그래, 미야비?"

"딱히……."

역시 이상하다. 좀 캐물어 볼까—— 하고 생각했을 때,

"둘 다 빨리 앉아. 오늘은 조금 새로운 트레이닝을 해볼 생각이니까."

——라는 리제르 선배의 말을 듣고, 우리는 순순히 소파에 앉았다.

정면에 리제르 선배, 내 왼쪽에는 미야비가 있었다.

오른편에 있는 창문으로 교정에서 부활동을 하는 학생들의 목소리가 들려왔다. 보니까 육상부인 듯했다. 이 마왕학원에도 평범하게 부활동이 있다.

하지만 나의 트레이닝은 부활동이 아니다. 차기 마왕으로서 받는 특훈이다.

"그래서 리제르 선배. 새로운 트레이닝은 어떤 건가요?"

"그 전에 '러버즈' 아르카나에게 물어봐 줬으면 하는 게 있어. '힐링ㆍ러버즈'의 효과를 수치화해서 나타내는 건 가능할까?"

"수치화…… 말인가요?"

"그래. 우리가 마력을 공급할 때, 결과적으로 유우토는 어느 정도의 마력을 얻는가……를 확인하고 싶어."

과연. 확실히 지금까지는 별생각 없이 마력을 받았지만, 그게 어느 정도인지는 전혀 모르고 있었다.

그리고 내가 몸에 모아둘 수 있는 마력량도 모른다.

"이전에 아스피테와의 싸움에서는 운 좋게 '인피니트ㆍ러버즈'를 발동시킬 수 있었지만, 그전에 마력이 다 떨어졌다

면……."

"전…… 졌겠죠?"

"그 말대로야. 앞으로는 더 강한 상대가 나타날 거야. 그러니 우리도 전략성을 몸에 익혀야만 해. 그러기 위해서는 우선 우리의 능력을 알아야지."

"역시 리제르 선배! 그런 건 전혀 생각해내지 못했어요!"

"그, 그래? 별거 아니야. 후훗♪"

입으로는 그렇게 말했지만, 기분이 정말 좋아 보였다. 마치 작은 여자아이처럼 짓는 미소가 정말 귀여웠다.

그보다── 나는 바로 아르카나에게 물어봤다.

'가능. 수치화하여 정보를 공유.'

"──그렇대요."

아르카나의 대답을 리제르 선배에게 전하니, 리제르 선배는 찻잔을 놓았다.

"미야비, 유우토의 팔을 안아서 마력을 공급해봐."

"어? 응."

미야비는 아무런 주저도 없이 내 팔에 달라붙었다.

교실에서 시선을 빼앗은 풍만하고 깊은 가슴의 계곡에 내 팔이 매몰되었다.

"야, 야, 미야비."

팔꿈치부터 위팔에 걸쳐서 느껴지는 폭신하고 부드러운 느낌.

미야비의 얼굴도 가깝고 달콤한 향기가 나는 숨이 목덜미에 닿았다. 나는 무심코 몸을 비틀었다.

"아웅♥! 버둥거리면 안 된다니깐! 느껴…… 가, 간지럽잖아!"

"아, 응…… 미안해."

그리고 미야비는 자랑거리인 폭유를 밀어붙여 문질러 올리듯이 움직였다.

푹신푹신함 속에 있는 엄청난 탄력. 이 좋은 느낌은 몇 번을 경험해도 질리지 않는다.

이윽고 미야비의 가슴에서 따뜻한 것이 흘러들어왔다.

——이게 미야비의 마력이다.

과자처럼 달콤하면서도 기운이 나는 느낌.

마력에도 그 소유자의 개성이 나타나는 것 같았다. 바깥으로는 가슴의 감촉, 안쪽으로는 미야비의 마력의 쾌감에 취해있으니, 머릿속에 아르카나의 목소리가 울렸다.

'마력 공급—— 12000.'

그 수치를 전하니, 미야비는 펄쩍 뛰며 기뻐했다.

"오오~ 뭔가 대단해! 백점이 아니라, 만이래! 만?! 뭔가 빠밤하고 회복했다는 느낌이야!"

미야비는 기뻐하고 있지만, 비교 대상이 없어서 이 수치가 많은지 적은지는 전혀 알 수 없다.

"그럼, 다음은 나네."

리제르 선배가 일어섰다.

"아, 네. 잘 부탁드립니다."

선배는 대체 뭘 할 생각인 걸까? 라며 생각하고 있으니——테이블을 치우고 내 바로 앞에 섰다.

"유우토. 내 치마를 들춰줄래?"

"예?"

치마 들추기?!

어렸을 적, 여자아이에게 치는 장난의 왕인 그 치마 들추기를 하라고?!

질문하는 듯한 눈길로 리제르 선배를 올려다보니, 부끄러워하듯이 눈을 돌렸다.

그 동작과 볼을 붉히며 곤란하다는 듯이 눈썹을 찡그리는 표정이 귀여웠다.

"여, 여러 번 말하게 하지 마…… 치마를 들춰서, 내, 속옷을, 봐주면…… 좋겠어."

위험하다. 엄청 두근거린다.

리제르 선배의 치마 끝을 잡고 천천히 들어 올렸다.

……엄청 나쁜 짓을 하고 있는 것 같아서 손이 떨렸다.

우연히 팬티가 살짝 보인 게 아니라 스스로의 손으로 치마를 들춰서 팬티를 본다는 사실에 흥분했다.

게다가 여기는 학교다.

밖에서는 부활동을 하는 학생의 목소리가 들려오는데, 우리는 이런 야한 짓을 하고 있다는 배덕감. 등골이 오싹오싹했다.

무대의 막이 올라가는 것처럼 스커트가 들렸다.

이윽고── 그 아래에서 멋진 풍경이 나타났다.

검은 스타킹 너머에 있는 하얀 속옷.

그렇게 비치는 모습이 야함을 배가시켰다.

잘 관찰해보니, 디자인에 공들인 속옷이라는 걸 알 수 있었다. 팬티는 섬세한 레이스를 달아 꿍장히 비싸 보였다. 소재가 살짝 반짝이는 것을 보니, 분명 최고의 옷감을 사용했을 것이다.

이 한 장으로 내 속옷을 몇십 장이나 살 수 있지 않을까 하는 생각을 했다.

"간다…… 유우토."

리제르 선배의 손이 내 머리에 살짝 닿았고, 놀랍게도 고간으로 밀어붙였다.

"서, 선배── 으므으으으으?!"

무심코 치마에서 손을 떼니, 갑자기 주위가 어두컴컴해졌다. 치마 속에 얼굴을 완전히 처박은 상태라서 선배의 하복부 이외에는 아무것도 보이지 않았다.

그리고 코와 볼, 입술로 느껴지는 매끄럽고 최상의 촉감을 지닌 스타킹.

그 감촉과 함께 선배의 향기가 가슴 가득히 찼다.

달콤한 과실과 같은 향기는 순식간에 나를 도취의 세계로 끌어들였다.

"아아 나도 참…… 이거, 엄청 부끄러워……."

희미하게 들리는 선배의 수치심에 찬 속삭임이 나를 한층 더 흥분시켰다.

다음 순간, 내 입술로 마력이 흘러들어왔다.

세련된 달콤함과 고귀한 향기. 다양한 향기가 어우러져 복잡하고 깊이 있는 맛── 그런 감각을 실제로 혀로 맛보고 있는 듯한 느낌이 들었다.

'마력 공급── 24000.'

웅얼거리는 목소리로 말하자 미야비의 분노에 찬 목소리가 들려왔다.

"잠깐만?! 더블 스코어라니, 어떻게 된 거야?!"

머리가 해방되어 나는 선배의 치마 속에서 얼굴을 내밀었다.

올려다보니 리제르 선배가 아주 만족스러운 미소를 짓고 있었다. 기분 탓인지 얼굴의 피부도 반들반들했다.

"후후, 역시나네."

"역시나라니…… 뭐가 말인가요?"

"'힐링·러버즈'는 쓰는 방식에 따라 공급할 수 있는 마력량에 차이가 생겨."

"그 말은 내가 가슴으로 꾹꾹 한 거랑 선배가 스타킹 너머에 있는 팬티를 보여주고 거기에 유우토의 얼굴을 꾹꾹 한 데서 차이가 났다는 거야?"

"표현은 좀 신경 쓰이지만, 그런 거야. 마력 공급은 상대와의 관계성이 중요해. 상대를 신뢰하고 애정을 가지는 게 중요하지. 그러면서 얼마나 자극적이고 흥분하는가. 그 고양감과 음란한 도취감이 더 강한 마력을 주는 거야."

간단히 말해서 좋아하는 상대와 야하다고 느끼는 행위를 하면 강해질 수 있다는 건가.

"으~, 그렇구나! 알았다!!"

미야비는 갑자기 자신의 치마를 들쳐 올렸다.

표범 무늬 팬티를 아낌없이 보여줬다. 게다가 색은 핑크색 바탕에 검정색.

"잠깐?! 미, 미야비!!"

"그러니까 선배랑 똑같이 하면 마력이 배로 딱! 한다는 거지?!"

그렇게 단순한 문제야?!

마음속으로 그렇게 딴지를 걸었지만, 핑크색 표범무늬 팬티에서 눈을 뗄 수가 없다!

이 녀석은 왜 이렇게 화려하고 야한 속옷을 입고 있는 거야?!

확실히 갸루답긴 하지만! 그건 그렇고 면적이 작아!

삼각형의 꼭짓점에 쏠린 주름의 형태가 이런저런 것을 상상하게 만들었고, 둥그스름한 하복부와 그 위에 있는 배꼽도 두근거리게 만들었다.

"어때? 선배의 팬티보다 더 두근두근하지?"

"뭣……?!"

리제르 선배가 뚜렷하게 발끈한 표정을 지었다.

"그렇지 않아! 비교하면 내 쪽이 더 매력적이라는 건 확실해!"

그리고 이번에는 스스로 치마를 걷어 올려 스타킹에 감싸인 하반신과 까맣고 희미하게 비치는 팬티를 보여줬다.

"어때, 유우토? 스타킹을 신어서 깊이와 품위가 살지 않아? 헤이안 시대 귀족 여성이 발 너머로 남성과 이야기 하던 걸 방불케 하지?"

스스로 팬티를 보여주는 시점부터 품위고 뭐고 간에 없는 것 같은데…….

"그렇지 않아! 남자애라면 좀 더 실컷 보고 싶을 거라고! 나처럼 팍팍 보여주는 게 더 좋지? 유우토?!"

"어, 그러니까……."

말문이 막혀 대답을 못 하고 있으니, 리제르 선배가 더욱 몰아붙였다.

"미야비는 너무 직접적이야. 내 조사에 따르면, 남녀 사이에는 좀 더 분위기라는 게 필요해. 나처럼 살짝 가리는 편이 상상력을 자극해서 흥분할 거야."

"선배, 평소에는 가터벨트 하잖아!"

"그, 그건……."

"알았다! 분명 그거야! 남자애가 좋아할 만한 걸 검색했더니 요즘에는 유행하고 있다고 적혀있어서 확 믿고 휘리릭 해본 거지!!"

"……."

리제르 선배는 새빨개져서 가늘게 떨고 있었다. 얼굴은 웃고 있지만 살짝 울상이다.

"아, 아니라구! 그건, 새, 생트집이라구!"

……정곡이었구나. 그리고 말투가 유아퇴행 한 것 같은데…….

"늦어서 늦어서 죄송합니——."

나이스 타이밍!

우리 '러버즈'의 구원의 천사—— 악마지만.

레이나가 지각할 것 같은 토끼처럼 팰리스로 뛰어 들어왔다.

"아웃?!"

그리고 등에 멘 일본도가 입구에 걸려 앞으로 고꾸라졌고 그 반동으로 뒤로 넘어졌다.

"어, 야 야!! 레이나! 괜찮아?!"

서둘러 복도로 튀어 나간 건 좋았지만, 난 거기서 굳어버렸다.

아무튼 레이나는 훌륭하게 뒤집혀서 뒤로 넘어지는 도중에 멈춘 상황.

엉덩이를 위로 향하고 넘어져서 살도 등의 반 정도까지 드러났다.

물론, 팬티는…… 훤히 보였다.

섣불리 손을 대면 내가 치한이 된다.

"괘, 괜찮아요…… 아으…… 또 넘어지고 말았어요…….."

레이나가 뒤집힌 채로 울먹거리는 목소리로 중얼거렸다.

빨리 도와서 일으켜야 한다고 생각했지만…… 뻗은 손이 도중에 멈췄다.

왜냐하면 레이나의 하반신을 지켜주는 팬티가…… 상상을 초월했기 때문이다.

──흔히들 말하는 끈팬티였다.

분명 엉덩이에 프린트 같은 게 되어 있는 어린이용 팬티일 거라고 생각했지만, 설마 하던 끈팬티.

게다가 색깔은 보라색.

레이나의 작은 엉덩이를 가리는 더욱 작은 천. 면적으로 따지면 미야비의 표범 무늬 팬티보다 더 작았다. 게다가 얇은 옷감이 엉덩이와 가랑이 사이의 형태를 간접적으로 전해주고 있었

다. 그것이 어린 몸이 발하는 배덕적인 색기를 시사했다.

"야~ 유우토! 언제까지 레이나의 팬티를 빤히 쳐다볼 거야?!"

"설마 레이나가 이런 몸을 던진 어필을 할 줄이야……."

미야비와 리제르 선배의 딴지를 들은 레이나는 다리를 쭉 뻗었다. 힘차게 반동을 줘서 몸을 휙 일으켰다.

"하와와와왓?! 아우와우, 보, 보였나요?!"

그야…… 안 보이는 게 더 이상하다고. 그건…….

울 것 같은 레이나의 손을 잡아서 일으켜 세웠다.

"아니, 그…… 살짝만 보였어."

"아으으…… 죄송해요…… 감사합니다, 인 거예요……."

미야비가 내 의식을 자신에게 돌리려는 듯이 내 팔을 잡아당겼다.

"그보다 유우토! 나랑 선배 중에 누가 위인지 딱 골라줘!"

"아니…… 그건……."

말할 수 없다.

사실은 레이나의 팬티를 본 순간,

'마력 공급── 25000. 상한에 도달했습니다.'

이런 목소리가 들렸다고는! 내 입으로는 말할 수 없어!!

"유우토!! 분명히 해!"

"유우토, 조심스러워할 필요 없어. 미야비에게 현실을 들이밀어줘."

──어, 어떡하지?!

온몸에 진땀이 났다.

이것이 일상에 숨어있는 위기?! 내가 그야말로 진퇴양난에 빠졌을 때―,

'아~, 아~, 들려? 아니, 대답을 해도 나한테는 안 들리나. 하하하하.'

이 목소리⋯⋯ 간도 교장?

벽에 설치된 스피커를 통해 교장이자 현재 마왕이기도 한 간도 바르바토스의 목소리가 울렸다.

'오늘 2시부터 학원 행사에 대한 설명을 살짝 할 테니, 마왕 후보 녀석들은 체육관에 모이도록! 이상!!'

◇ ◇ ◇

보통 학교라면 이미 귀가시켰을 시간대이다. 하물며 교장이 집합을 걸다니, 있을 수 없는 일이다.

하지만 이곳은 마왕학원. 상식은 통하지 않는다.

나는 리제르 선배와 미야비를 데리고 캄캄한 체육관에 찾아왔다.

원래는 마왕 후보만 참가해야 하는 것일지도 모르지만, 첫선을 보였을 때처럼 갑자기 습격을 받을지도 모른다며 걱정한 리제르 선배와 미야비가 억지로 따라온 것이다.

발아래에는 '러버즈'의 문장이 어렴풋이 빛나고 있었다.

주위를 보니 다른 마왕 후보의 문장도 똑같이 어둠 속에 떠 있었다.

대충 세어보니, 아무래도 전부 다 해서 스무 명이 안 됐다.

어쩌 이 문장은 출석 상황을 나타내는 의미도 있는 듯하다. 부족하다는 건, 결석자가 있다는 증거.

하지만 이곳에 있으리라 생각되는 마왕 후보도 모습은 보이지 않았다. 내 눈에 비치는 것은 아주 넓은 공간에 빛나는 문장뿐이었다.

그건 그렇고, 평소의 체육관보다 더 넓은 것 같은데……? 어쩌면 실제로 공간을 왜곡시키고 있는 것일지도 모른다.

그 또한 마왕학원이라면 있을 수 있는 이야기다.

"여어~, 제군! 잘 왔네!!"

여전히 가벼운 분위기를 내며 간도 교장이 모습을 드러냈다.

한순간 공중에 떠 있나 싶었지만, 어쩌 무대 위에 서 있는 듯했다.

"——그래서? 굳이 불러내다니 무슨 일이야? 난 일을 하나 취소했다고."

문장 중 하나가 빛을 더해 풋라이트처럼 목소리의 주인을 비췄다.

——'스타'의 마왕 후보, 호시가오카 스텔라.

아스피테와의 싸움에서 그녀는 협력하겠다는 이야기를 꺼냈었다. 아무런 의심 없이 선의로 그런 제안을 했다고 생각했지만, 자세한 이야기를 들어보니 리제르 선배와 교환해야 한다는 가혹한 조건이 붙었었다.

실력은 괴물급이라는 소문이 돌지만, 속으로 무슨 생각을 하는지 알 수가 없다. 헤아릴 수 없는 상대다.

"핫핫하~. 걱정할 것 없네! 아무튼 자네들 학생들에게는 일대 이벤트니까! 다름이 아니라~."

간도 교장은 주먹을 들어 올렸다. 그 주먹에서 발현된 마력이 머리 위에 문자를 그리기 시작했다.

——마왕학원 체육대회!! 개최 결정!!

다음 순간, 바닥에서 몇 개의 문장이 사라졌다.

"엑?! 자, 잠깐만! 왜 돌아가 버리는 걸까아아~?!"

교장은 황급히 말렸지만, 몇 개의 문장이 더 사라졌다.

"어이 어이, 젊은 주제에 너무 차갑구만~. 모처럼 상도 준비할까 싶었는데 말이야……."

"뭐야? 상이라는 건."

간도 교장은 스텔라의 질문에 자신만만하게 대답했다.

"그건 아직 검토 중이야! 하지만 승리한 반에는 학식의 식권을 줄 거야!"

문장이 더 사라졌다.

"기, 기다려줘! 돌아와 줘! 부탁이니까!!"

울상을 지으며 애원하는 교장의 모습을 보면 정말로 현 마왕인지 의심스러웠다.

"그, 그래! 승리한 팀의 최우수 선수에게는 특별한 포상도 할 생각이라고!"

"그러니까 뭐냐고. 그게."

"생각 중이라니깐! 뭐, 일단 여긴 학원이니까 말이야! 그런 이벤트에 협조적이면 선생님도 좋은 성적을 주고 싶어지는 게 사람의 마음이지! 악마지만!"

그렇게 말하고 와하하하 하며 웃었다. 한편 스텔라는 떨떠름한 표정.

"뭐, 좋아. 이벤트라면 내가 가만히 있을 순 없으니까."

스텔라는 현역 인기 아이돌이다. 팬이 군침을 흘리는 이벤트가 될 것 같다. 하지만 일반 공개는 무리겠지.

"네이트는 어떡할 거야?"

스텔라의 이야기를 받은 '채리엇'의 마왕 후보가 어둠 속에서 떠올랐다.

금발에 갈색 피부를 가진 네이트 · 카르낙은 여전히 소심하게 대답했다.

"으, 응…… 싸움이 아니라, 스포츠라면…… 나갈, 까."

이 사람은 정말로 마왕 후보인 걸까? 어째 싸움을 피하고 있는 것 같은데.

"저기, 저도 참가할게요."

들은 적 없는 목소리가 들리고 한 소녀가 나타났다.

"오우! '저지먼트'의 코우마 루키인가!"

머리카락은 하늘색 미들헤어. 체격이 여리여리한 미소녀였다. 학년표를 보니 나와 같은 1학년. 살짝 수줍어하는 표정은 가련하다는 말이 어울릴 것 같고, 평범한 여고생으로밖에 안 보였

다. 이런 여자애도 마왕 후보인가.

내 시선을 알아차렸는지, 코우마 루키는 이쪽을 보더니 가볍게 미소 지으며 고개를 꾸벅 숙여 인사했다.

평범해 보일 뿐만 아니라 예의도 바르구나…….

나도 인사를 돌려주니 코우마 루키는 붙임성 있는 미소를 지으며 내 쪽으로 왔다.

"저기, 넌 '러버즈'의 마왕 후보지?"

"어? 아, 응. 그런데."

"흐음~ 인간 최초의 마왕 후보지? 대단하다~. 아, 내 이름은 코우마 루키. 루키라고 불러줘♪"

첫 만남이라는 느낌이 들지 않는 싹싹함. 그리고 거리가 가까웠다.

보통 이야기하는 거리보다 한 발짝 더 다가와 있는 듯한 느낌. 덕분에 미소녀다운 얼굴을 잘 관찰할 수 있었다. 얼굴이 작고 모양새가 섬세했다. 그리고 속눈썹이 길었다.

그리고…… 아무래도 좋은 일이지만, 이런 사람은 처음 봤다.

"난 모리오카 유우토. 잘 부탁해."

"그래서 유우토는 참가 안 해?"

"어? 그러니까…….''

나도 모르게 리제르 선배를 돌아보고 말았다.

그러자 리제르 선배는 가만히 내 등 뒤—— '저지먼트'의 마왕 후보에게서 시선을 떼지 않고 끄덕였다.

난 간도 교장을 올려다보며,

"'러버즈'의 마왕 후보, 모리오카 유우토도 참가합니다!"

그렇게 참가 표명을 하니 간도 교장은 만족스럽게 끄덕였다.

"어떤가? '러버즈'의 마왕 후보도 참가한다. 설마 인간에게 뒤처지는 일 따위는 없겠지? 악마의 정점에 군림하고자 하는 마왕 후보가 말이야!"

아, 이 교장, 날 미끼로 써먹었어!!

"나도 참가한다구~! 예~이!!"

장소에 어울리지 않는 분위기에 놀랐다.

목소리의 주인은 처음 보는 남자였다. 키는 커서 180 이상. 금발에 햇볕에 타서 거무스름한 피부. 밝고 명랑하게 웃는 얼굴은 인생이 즐거워서 참을 수가 없다고 이야기하고 있는 듯했다.

몸은 잘 단련되어 있는지, 열린 교복 앞부분으로 근육질의 가슴팍이 엿보였다. 옷깃의 학년표를 보니, 아무래도 3학년인 듯했다.

"역시 이벤트에는 이 몸이 나서지 않으면 시작이 안 되잖아?! 분위기 팍팍 띄울 거라고! 벌써 달아오르네!!"

간도 교장은 팔짱을 끼고 감탄스럽다는 얼굴로 그 남자를 바라봤다.

"핫핫하. 여전히 축제를 좋아하는 놈이군! 믿음직하다! '데빌'의 마왕 후보, 미츠이시 이비자."

──데빌.

저게 '데빌'의 마왕 후보…….

이 학원에 있는 자는 나를 제외하고 모두 마족이다. 흔히들 말하는 악마다. 그중에서도 '데빌'의 아르카나를 가진 저 남자는 대체 어떤 마족일까?

"맡겨두라고, 교장 선생님! 최고의 체육대회로 만들어 보일 테니까! 교장 선생님이 곤란해하는 모습은 못 봐주겠다고!!"

"오오~ 그런가. 기특하군! 하지만 더 이상 다가오지 마라! 그리고 너무 이쪽을 보지 않도록!"

"으으~ 너무 차가운데 선생님! 괜찮아! 난 아무 짓도 안 하니까! 그렇지, 얘들아!"

그렇게 말하고 주위를 둘러보니, 이비자 근처에서 빛나고 있던 몇 명의 문장이 사라졌다.

······도망, 친 건가?

다시 말해서 이비자를 두려워했다······?

현 마왕인 교장마저 경계하는 듯한 말투로 말하고 있었다. 이 이비자라는 '데빌'의 마왕 후보는 그 정도로 무서운 힘을 가지고 있다······ 그런 뜻이다.

하지만 주위의 반응과는 대조적으로 이비자 본인은 밝게 웃고 있었다.

"다들 이벤트에 비협조적이네~. 하지만 난 다르다구! 그야 난 교장 선생님이랑 파장이 완전 잘 맞거든. 어라? 이 말은 곧 내가 이미 차기 마왕으로 확정됐다는 거 아냐?"

확실히 설렁설렁하고 분위기가 가벼운 부분은 교장과 통하는 부분이 있을지도 모른다. 하지만 이비자는 엄청나게 날라리다. 신기하게도 교장에게서는 꺼림칙한 느낌은 안 드는데······ 어째서인지 이비자에게서는 별로 다가가고 싶지 않은 분위기가 났다.

이비자는 갑자기 내 쪽을 향해서 씨익 웃었다.

"저기! 너도 그렇게 생각 안 해?! 내가 차기 마왕이라고 말이야!!"

……왜 나한테 그런 걸 묻는 거지?

"난——."

"생각 안 해!!"

뒤에 있는 미야비가 나보다 먼저 큰 소리를 냈다.

"……미야비?"

얼굴은 창백했고 분노와 공포가 섞인 눈빛으로 이비자를 노려봤다.

이비자는 여전히 웃고 있었다. 고함을 들어도 전혀 흐트러지지 않았다.

이 녀석…… 처음부터 내가 아니라 미야비를 보고 있었나?

"어라~? 왜 그래? 유우가오제 집안의 미야비."

"웃기지 마! 너, 우리 집안의 부하한테 무슨 짓을 한 거야?!"

"미, 미야비?"

너무나도 날카로운 기세에 질려 나도 모르게 주춤했다.

하지만 이비자는 산들바람을 느끼는 듯한 산뜻한 표정으로 대답했다.

"아! 내 카드들 말하는 거야?"

이비자 뒤의 어둠 속에서 두 소녀가 모습을 드러냈다.

"레…… 레베카?! 마키!!"

미야비의 안색이 변했다.

두 소녀는 비웃는 듯한 엷은 웃음을 띠고 미야비를 바라봤다.

"유우가오제 님. 오랜만이네요."

"레베카! 지금까지 어디에 있었던 거야?! 너희 집의 재산도 영지도 전부 사라져버렸다고?! 일족 사람들도 마계로 강제송환 당했고!"

하지만 레베카라고 불린 소녀는 미야비를 조롱하듯이 웃었다.

"하하하, 알고 있어. 그야 우리가 바쳤는걸요."

"바쳐…… 뭐?"

이번에는 또 한 명의 소녀, 마키가 요염하게 웃으면서 이비자의 팔에 안겼다.

"우리는 이비자 님의 카드인걸요. 바칠 수 있는 건 전부 바치겠어요. 작위도, 재산도, 이 몸도……♥"

"무, 무슨 소리 하는 거야?! 마키도 정신 차려!"

"레베카뿐만이 아니야. 나도 모든 걸 바쳤어. 악마 중의 악마…… 미츠이시 이비자 님에게. 곧 학원도 중퇴할 거야. 이제 귀족도 아니니까."

미야비의 볼에 땀이 반짝였다.

"제정신……이야?"

"그래, 우리는 마계로 돌아가서 그쪽의 귀족에게 노예로 팔리게 되었어. 아아…… 모든 것을 이비자 님에게 바치는 게 이렇게나 행복하다니……."

둘은 황홀한 표정으로 이비자에게 아양 떨며 기댔다.

"그, 그런 건 행복도 뭣도 아니잖아! 그 남자는 너희를 이용할 만큼 이용하고 팔아치울 거라고! 그렇게 되면 카드가 아니라 노예가 될 거라고!"

미야비는 눈물을 글썽이며 호소했지만, 그 호소조차 두 사람의 조소의 표적이 되었다.

"정말 뭘 모르는구나…… 어리석은 여자야."

"더 이상 너한테 신경을 안 써도 되는걸. 속이 다 시원해."

"뭐……."

미야비는 이를 꽉 깨물고 어깨를 들썩였다.

이건…… 대체 무슨 일이지?

나는 대답을 요구하듯이 리제르 선배를 봤다.

하지만 리제르 선배는 험악한 표정으로 고개를 살짝 저을 뿐이었다. 리제르 선배도 상황을 파악할 수 없다. 즉, 지금은 얌전히 있는 편이 좋다는 뜻이다.

하지만 미야비는 진정될 것 같지 않았다.

"……전부, 네가 한 짓이지?"

평소에 밝은 미야비라는 생각이 안 드는 거무튀튀한 분노를 담은 울림이 느껴졌다.

미츠이시 이비자는 만면에 미소를 띠고 대답했다.

"완전히 오해야! 난 내 목표를 향해 노력하고 있을 뿐이니 말이야. 카드들은 그런 나에게 애정을 바쳐서 서포트 해주고 있어! 난 카드의 사랑으로 날갯짓을 할 수 있는 거라구!!"

"!!"

미야비의 발치에 마법진이 전개되었다. 이어서 두 개의 마술식이 미야비의 몸에 흘렀다.

"미야비! 기다――."

기다리라고 말하려고 했을 때는 이미 미야비는 뛰쳐나가고 있었다.

"이비자아아아아아아!!"

훈련할 때와는 차원이 다른 속도로 이비자에게 달려들었다. 하지만 이비자에게 매달려 있던 마키와 레베카가 미야비 앞을 가로막았다.

"주인님께 무슨 짓이야?!"

마키가 화염 마법 '파이가', 레베카가 얼음 마법 '아이자'를 지근거리에서 쐈다.

하지만 미야비는 그것을 춤추듯이 피했다.

"으아아아아아아아아아아아아아아아아아아!!"

둘을 피하며 회전한 기세를 더해서 이비자에게 주먹을 때려박았다.

"?!"

하지만 혼신의 일격은 이비자의 손바닥에 막혔다.

"우효옷~! 내 가슴에 뛰어들어 와주다니! 최고로 좋구만!!"

"우, 웃기지――."

이비자가 손을 비틀자 미야비는 균형을 잃었다. 마치 손바닥 위에서 가지고 놀 듯이 미야비의 몸을 컨트롤해서 품속에 안았다.

"이, 이거 놔!!"

"미야비. 너도 내 카드가 되지 않을래?"

"뭐어?! 너 무슨 소리를."

"그러면 최고의 인생을 얻을 수 있을 건데? 행복 가득하게. 어쨌든 이 몸에게 사랑을 받을 테니까!"

"웃기지 마! 난 '러버즈'의 프린세스라고!!"

미야비는 필사적으로 저항했지만 이비자의 팔에서 벗어날 수 없었다.

"어쩔 도리가 없구나~ 미야비는. 오케이~!! 고분고분해질 수 있도록 등을 살짝 밀어줄게!"

이비자의 눈동자가 빨갛게 빛나고 바닥에 빨간 마법진이 펼쳐졌다.

그 순간 머릿속에 '러버즈' 아르카나의 목소리가 울렸다.

'경고, 《《프린세스》》 카드에게 위협이 다가오고 있습니다. 위험지수12. 빠른 철수를 권장.'

위험지수 12?!

아스피테의 '월드 · 리비전'이 위험지수 9인데?! 그 이상으로 위험하다고?!

하지만── 뭔가 그럴듯한 효과가 일어난 듯한 기미는 없었다.

······기동에 실패했나?

아니, 확실히 어떤 마법이 발동하고 있다는 건 느껴진다.

그런데도 아무것도 보이지 않는다. 이비자가 무엇을 하려고 하는지 알 수 없었다. 어째서인지 내 방어마법도, 공격마법도 통할 것 같다는 느낌이 들지 않았다.

대체 뭐지?! 이 불안한 느낌은!!

그리고 지독하게 불길하고 구역질이 나는 사악한 기척.

이건 대체……?

"시, 싫어…… 그만해."

이비자는 무서워하는 미야비를 안심시키듯이 음흉한 목소리로 속삭였다.

"자, 진정한 자신을 해방하고 날 좋아하게 되는 거야. 그리고 나에게 사랑을 바쳐."

이비자는 미야비에게 얼굴을 가까이 대고 볼에 입술을 들이댔다.

그때, 내 인내심은 한계를 넘어섰다.

내 안에 있는 마력에 연쇄적으로 불이 붙어 폭발했다. 난 '알마드' '맥시마이즈' '스트라이드'를 병렬기동하여 이비자에게 돌진했다.

"그 손 놔아아아!!"

이비자는 시선만 나에게 돌렸다. 입가에는 여유로운 웃음을 띠고 있었다. 입술이 미야비에게 더 가까워졌다.

내 안에서 마력이 폭발적으로 팽창했다.

──'인피니트 · 러버즈'!!

내 속도가 폭발적으로 상승했다.

"?!"

여유를 보이던 이비자가 놀란 표정을 보였다. 순간적으로 미야비에게서 손을 떼고 바로 뒤로 뛰었다.

내 주먹은 허공을 갈랐다.

하지만 그 충격파는 이비자를 스치고 등 뒤에 있는 벽을 파괴했다.

나는 더 쫓지 않고 주먹을 쥔 채로 뒤에 있는 미야비를 지키는 형태로 서서 이비자를 노려봤다.

"미야비는 나의 소중한 카드다! 싫어하는 짓을 하지 마!!"

"유우토……."

뒤에서 기뻐하는 듯한 목소리가 들렸다. 하지만 뒤돌아볼 수는 없었다. 상대는 마왕 후보다. 한 순간의 방심이 파멸을 불러온다.

"흐음~ 이게 인간 마왕 후보구나. '월드'의 아스피테를 쓰러뜨렸다는 건 진짜구나."

"이 이상 내 카드에게 손을 대면——."

"아~ 그러고 보니, 뭐라고? 미야비가 네 카드라고?"

긴장감이 온몸을 감쌌다.

상대는 '데빌'의 마왕 후보. 분명 특별한 힘을 가지고 있을 것이다.

하지만 그게 어떤 능력인지는 모른다.

난 주먹을 쥐고 감각을 날카롭게 곤두세웠다.

"그렇구나~. 딱히 상관없어. 네 카드라고 해도."

"어?"

미츠이시 이비자는 깔끔하게 인정했다.

뭔가 맥이 빠졌다. 좀 더 자신의 것이라거나, 가로챌 것이라고 주장할 줄 알았다.

"그야 인간은 내 것이니까. 그리고 넌 인간이지. 다시 말해서 네 것은 내 것. 그 말은~?! 결국 미야비는 내 것이잖아~!! 완벽해! 노 프라블럼!!"

"뭐……."

이 녀석, 무슨 소릴 하는 거지?

"난 관대하고 사랑이 깊으니까 말이야! 바닷속의 어떤 해구보다도! 의지라던가, 사상이라던가, 주의라던가, 그런 건 아무래도 좋아. 전~부 한꺼번에 좋아할 거야! 그래서 전~부 내 것인 거야!"

"……무슨 뜻인지 잘 모르겠는데."

"하하하, 걱정할 거 없어! 난 이해력이 낮은 하등한 생물도 사랑할 수 있어!"

"사랑…… 이라고?"

"맞아 맞아 맞아! 사랑이라는 게 '러버즈'의 전매특허가 아니야! 난 인간의 무지하고 무능한 면도, 어리석은 면도 알고 있어. 그래서 알면서 사랑하고 소유하고 있지. 너희 인간은 아무런 고민할 필요 없어. 안심하고 나에게 전부 맡기면 돼."

이 얼마나 자기본위적인 녀석인가. 이기적인 데도 정도가 있지.

"그런 건 사랑도 뭣도 아니야! 그리고 난 너의 소유물이 된 적은 없어! 대체 넌 누구를 소유하고 있다는 거냐?!"

"나 이외의 모든 것."

이비자 앞에 마법진이 떠올랐다.

이번에는 아까 전과는 달리 제대로 눈으로 확인할 수 있었다. 하지만, 이건——,

"상급 화염 마법……."

내가 아직 사용할 수 없는 '파이드제논'!

'경고, 위협이 다가오고 있습니다. 위험지수 8. 빠른 철수를 권장.'

큭…… 저것에 대항하려면?!

"자, 자 '러버즈'의 마왕 후보! 무서워할 것 없다니까! 뛰어 들어오라고! 끝내주니까!"

큭!

겁먹지 마라!! 나는 미야비를, 소중한 사람을 지켜야 한다!

긴장감이 넘쳐흐르는 나와 이비자 사이에 간도 교장이 손뼉을 팡팡 치면서 끼어들었다.

"아~ 진짜, 그래 그래. 끝이야, 끝."

"에?"

어째서인지 교장의 한마디로 일촉즉발의 분위기가 사라졌다.

"이왕이면 체육대회 때 해. 손님도 좋아할 테니 말이야."

이비자는 어깨를 으쓱이고 빈정거리는 웃음을 지었다.

"뭐야 그거. 공개처형이라는 거야? 최고잖아!"

"아니 아니, 체육대회에서는 마법을 쓰는 건 괜찮지만, 상대를 직접 공격하는 건 안 돼. 직접 공격이 가능하면 전부 죽고 죽이는 살육전이 돼서 종목의 개성이 사라져버려서 재미없으니까."

"에이~, 괜찮잖아! 재밌을 것 같은데!"

"너네는 상관없지만, 일반 학생들을 전부 죽게 둘 수는 없단 말이지. 이번에는 외부 손님도 오니까 엔터테인먼트를 지향하고 있어. 그러니까 돌아가. 해산, 해산."

귀찮다는 듯이 손을 쉭쉭 흔들며 쫓아냈다.

갑작스러운 중재였지만 솔직히 도움이 됐다.

이비자는 나를 깔보듯이 코웃음 치고는 마키와 레베카의 어깨를 안고 떠나갔다.

"가자, 유우토. 그리고 미야비도."

우리는 리제르 선배의 재촉을 받고 체육관 출구로 향했다.

미야비는 이비자가 데리고 있는 소녀가 걱정되는 눈치였지만 마지못해 따라왔다.

도대체 저 미츠이시 이비자와 미야비 사이에 무슨 일이 있는 거지?

무엇보다도 그게 궁금했다.

"아~…… 미야비?"

밖에 나와서 미야비에게 질문하려고 했다. 하지만 그 타이밍에,

"아, 유우토. 그때는 어떻게 되나 싶어서 조마조마 했어~"

어째서인지 뒤따라온 코우마 루키가 말을 걸었다.

"어? 아아…… 어쩌다 보니 그렇게 된 건데."

그리고 루키에게 주의가 끌렸을 때,

"나, 난 먼저 집에 갈게!!"

미야비는 달리기 시작했고 순식간에 교정을 빠져나가 보이지

않게 되었다.

나는 영문을 알 수 없어서 무심결에 리제르 선배를 보고 말았다.

"무슨 일 있는 걸까요? 미야비 녀석……."

리제르 선배도 미야비가 사라진 방향을 바라보면서 눈살을 찌푸렸다.

"사실은 전부터 좀 이상했어. 하지만 유우토가 마왕 후보로 선택받은 뒤부터는 원래대로 돌아와서 걱정 안 했는데……."

전부터?

미야비 녀석…… 미츠이시 이비자랑 무슨 사연이라도 있는 건가?

"미안해, 내가 얘기를 걸어서 그런 걸까?"

나는 미안해하는 루키를 보고 고개를 저었다.

"아냐, 루키 때문이 아니야. 그보다, 나한테 무슨––."

"아냐, 잠깐 얘기해보고 싶었을 뿐이야…… 이런, 나도 돌아가야겠네. 그럼 또 봐, 유우토. 체육대회에서 같은 팀이 되면 좋겠다!"

악의 없는 웃음을 보여주며 루키도 떠나갔다.

"……마왕 후보 중에도 저런 평범한 녀석도 있네요."

"평범해?"

"네. 밝고 싹싹해서 왠지 인간 여자아이 같구나 싶어서요."

"그렇…… 구나."

뭔가 대답이 시원치가 않다. 뭔가 잘못 말하기라도 했나?

고민하고 있으니, 리제르 선배가 말하기 거북하다는 듯이 말을 꺼냈다.

"어쩌면 눈치 못 챘을지도 모르겠지만…… 쟤, 남자애야."

남자애라는 단어는 내가 아는 한에서는 남자라는 의미를 가지고 있을 텐데……?

"농담이죠?"

"눈으로 확인한 건 아니지만, 확실해."

"……."

역시 마왕 후보답다는 말을 해야 하는 걸까?

아니! 남자가 여장을 했다는 수준이 아니었는데?! 얼굴의 모양새도, 손이 작은 것도, 손가락이 가는 것도, 어딜 봐도 완벽하게 여자였는데! 확실히 가슴은 없었던 것 같지만, 그건 차별 아닌가! 작은 가슴도 나쁘지 않다! 다들 다르기만 할 뿐이지 다 좋다! 아니 난 대체 무슨 생각을 하고 있는 거지.

"그 표정을 보고 안심했어. 유우토에게는 남색 취향은 없는 것 같네."

"어, 없어요!"

젠장, 루키 때문에 이야기가 샜다. 지금 문제는 그런 게 아니라.

"그보다 선배. 미야비 일 말인데요……."

"그래, 좀 걱정되네…… 내일 방과 후에 이것저것 물어보자."

그 의견에 찬성하고, 미안하게도 언제나처럼 리제르 선배의 차로 집까지 배웅을 받았다.

그리고 다음 날—— 미야비는 학원을 결석했다.

제2장

여기가 미야비의 방인가

미야비니까 어쩌면 지각을 하는 게 아닌가 싶었지만, 2교시가 되어도 오지 않았다.

걱정되어서 리제르 선배에게 스마트폰으로 메시지를 보내니,

'선생님께 확인해보니, 미야비한테서 쉰다는 연락이 와있었어.'

라는 이야기를 듣고 일단은 안심. 내일도 쉰다면 한 번 상황을 보러 가보자는 이야기가 나왔다.

방과 후에는 미야비와 특훈을 할 예정이었지만, 갑작스럽게 리제르 선배로 변경.

체육관 입구에서 기다리고 있으니,

"기다렸어?"

"아뇨, 방금 왔어요."

사실은 10분 정도 기다렸지만, 리제르 선배에게 훈련을 받는 데 10분 정도는 기다린 축에도 끼지 않는다.

리제르 선배를 따라서 체육관으로 들어갔다. 체육관을 모조리 빌려서 안에는 아무도 없었다.

뒤에서 문을 잠그는 소리가 났다.

리제르 선배가 입구에 자물쇠를 채우고 있었다.

그리고 문 앞에 드리워져 있는 커튼을 쳤다. 이걸로 문에 달린 유리창으로도 안을 볼 수 없게 되었다.

"그럼 난 준비를 하고 올 테니, 유우토는 다른 커튼도 쳐둘래?"

"아, 네. 알겠습니다."

선배는 나에게 그렇게 말하고 가방을 가지고 탈의실로 모습을 감췄다.

……탈의실?

나는 마음에 뭔가 약간 걸리는 걸 느끼면서 선배의 말대로 커튼을 치면서 돌아다녔다.

근데, 대체 뭐지?

지금까지 문을 잠그거나 다른 사람이 못 보게 막은 적은 없었다.

어쩐지 비밀 특훈 같은데…… 다른 녀석이 보면 곤란한 것…… 리제르 선배와 단둘…….

나도 모르게 이런저런 망상을 부풀리고 말았다.

아니 아니 진정해! 그런 일이 있을 리가 없잖아?!

분명 뭔가 다른 마왕 후보에게 알리고 싶지 않은 비밀 특훈을 할 생각일 거야. 분명 그럴 거야…… 근데 지금 내 수준에서 그럴만한 게 있나?

아무도 없는 체육관의 정적.

쥐 죽은 듯이 조용해서 꿀꺽 하는 소리가 정말 크게 들렸다.

탈의실의 문이 열렸다.

"리, 리제르 선배. 말한 대로 창문의 커튼을 닫──?!"

나타난 모습을 보고 숨을 죽였다.

리제르 선배는 몸에 딱 붙는 신축성 있는 레오타드를 입고 나타났다.

특훈을 할 때도 항상 교복을 입고 했는데…… 이건 대체?!의 문을 느끼면서도 내 눈은 리제르 선배에게 고정되어 있었다.

검은 하이레그였고 가랑이의 각도도 과감했다. 다리에는 허벅지 중간까지 오는 스타킹. 팔도 위팔까지 오는 장갑을 껴서 한층 더 섹시했다.

게다가 가슴 부분이 트여 있고, 시스루 소재로 된 부분이 있기도 해서 운동용 옷이라기보다는 속옷이었다. 혹은 코스튬.

"후훗, 마음에 든 것 같네."

"에?! 아, 죄, 죄송합니다."

"괜찮아. 유우토에게 보여주기 위해서 준비했으니까."

그렇게 말해주니 리제르 선배의 아름다움을 거리낌 없이 감상할 수 있다.

발끝에서부터 천천히 시선을 올려 허벅지부터 허리, 쏙 들어간 배, 커다랗고 아름다운 곡선을 그리는 가슴, 그리고 부끄러운 듯이 얼굴을 붉히는 리제르 선배의 존안.

"……마, 말은 그렇게 했지만, 그렇게 보면, 조금…… 부끄럽네."

"죄, 죄송합니다! 너무 빤히 봤어요!!"

"괘, 괜찮아. 오늘은 모처럼 위팔도 종아리도 상태가 좋으니까—— 가 아니라, 기분 나쁘진 않으니까…… 음, 그럼."

리제르 선배는 에헴 하고 헛기침을 하고 마음을 가다듬었다.

"유우토에게 필요한 건 더 강력한 마법이야."

"하지만 '인피니트 · 러버즈'로 마력을 만들어내면 강력한 마법을 사용할 수 있지 않나요?"

——'인피니트 · 러버즈'.

그것은 아스피테와 싸우는 도중에 터득한 '러버즈'의 고유마
법.

사람이 다른 사람을 헤아리는 마음, 소중한 사람을 생각하는
마음을 마력으로 변환하는 마법이다.

마족은 기본적으로 이기적인 존재로 여겨지고 있다. 그렇기에
마족은 이 마법을 사용할 수 없다.

인간이기에 사용 가능한 마법인 것이다.

……라고, 아스피테와의 싸움 후에 리제르 선배에게 배웠다.

"물론 기초적인 공격 마법이라도 마력의 질과 양이 올라가면
현격하게 강력해져. 하지만 한계가 있어. 아무리 '파이가'나 '파
이자드'를 파워업 해도 아스피테의 '월드 · 리비전' 같은 고유 마
법 앞에서는 소용없어."

그건…… 확실히 맞는 말이다.

"그렇다면 '월드 · 폴' 같은 마법을……?"

미해결 마술식이라고 불리던 술식 '월드 · 폴'.

아스피테의 '월드 · 리비전'을 쳐부술만한 위력을 가지고 있었
다.

"그렇네. 다만 그건 상대가 아스피테라서 효과가 있었지만,
다른 상대에게도 반드시 통하리라는 법은 없어. 그런 강력한 마
법을 얼마나 갖출 수 있느냐…… 그게 열쇠가 될 거야."

"그렇군요…… 그렇다면 다른 미해결 마술식을 익히나요?"

"그 방법도 있지. 하지만 공개되어 있는 다른 미해결 마술식은 없어. 술식의 정보를 얻는 것부터 시작해야 해."

"그럼, 갈 길이 멀 것 같네요……."

"그래. 하지만 그 외에도 수단은 있어."

"네?! 뭔가요, 그건?"

리제르 선배는 팔짱을 끼고 훗 하고 웃음을 지었다.

"그걸 생각하는 건 아직 일러. 그 전에 통상적인 상급 마법을 대강 사용할 수 있게 될 것."

"으…… 그 말이 맞네요."

뜸 들이지 말고 가르쳐줬으면 좋겠다는 마음도 들었지만, 내실력은 그 이전의 문제라는 것도 사실이다. 리제르 선배의 말은 맞는 말이니, 아무런 반박도 할 수 없었다.

"그리고 보유할 수 있는 마력 상한을 늘려둬야 해…… 어제의 트레이닝으로 유우토의 상한이 수치로 환산해서 25000정도라는 게 밝혀졌어. 아스피테와의 싸움에서 마법을 그렇게 쓰지도 않았는데 간당간당하게 남아있던 것도 납득이 돼."

윽! 의외로 날카로운 말이 가슴에 박혔다!

"현재의 상한치로는 통상적인 상급 마법도 쓸 수 없어. 더욱 상한치를 올릴 필요가 있어."

"알겠습니다! 상한치를 올리려면 어떻게 하면 되나요?!"

기합을 넣고 물어봤지만, 리제르 선배는 약간 곤란한 표정을 지었다.

"미안해. 말은 그렇게 했지만…… 사실 인간인 유우토가 마력량을 올릴 방법은 아직 확실하지 않아."

"네에?! 그럼 도대체 어떻게 해야……."

"나도 조사를 하고 있어. 미안하지만 당분간은 마족과 똑같은 연습을 하는 수밖에 없어. 같은 마법의 반복 연습이야."

"네."

"숙련도를 올리면 마법의 정밀도도 올라가니까 쓸데없지는 않을 거야."

"알겠습니다!"

그렇긴 하지만 성장 방법을 모르는 건 불안하네…….

리제르 선배는 그런 나의 마음의 소리를 들은 것처럼 덧붙였다.

"물론 방법이 없는 건 아니야. '인피니트·러버즈'를 사용하면 일시적인 대처는 할 수 있어. 하지만 계속 기동하는 건 무리지…… 아마 그런 짓을 하면 마술회로가 과열돼서 온몸의 세포가 끓어올라서 죽고 말 거야."

그렇게 된 자신을 상상하고 등골이 서늘해졌다.

"그, 그렇게 위험한가요…… 제 고유마법은."

아스피테와 싸울 때는 모르는 사이에 써버렸지만…… 살아있어서 다행이다.

"──그런고로, 특훈을 시작할 건데, 괜찮지?"

"넷! 잘 부탁드립니다!!"

그리하여 화염 계열, 얼음 계열, 폭발 계열, 전격 계열의 마법을 한결같이 반복하는 특훈이 시작되었다.

◇ ◇ ◇

"히…… 힘들어."

체육관에 나타나는 더미 마물을 차례차례 쓰러뜨렸다.

쉴 틈도 없이 연속으로 마법을 쓰면 머리도 몸도 흐물흐물해진다. 그리고 당연하게도 마력이……,

'경고, 마력 저하. 잔량30.'

잠깐 쉬고 싶지만 아직 두 마리가 남아있다. 멧돼지 같은 얼굴을 한 녀석과 사마귀 같은 손을 단 커다란 도마뱀 같은 녀석이 내 빈틈을 노리고 있었다.

"리, 리제르 선배…… 더는 마력이……."

평소 같으면 부드럽게 안아주는 리제르 선배가 뒷짐을 지고 가만히 상황을 지켜보고 있었다.

"저기…… 왜 그러세요?"

"사실은 마력 공급에 관한 것도 훈련에 포함시킬까 생각 중이야. 왜냐하면 현재 유우토의 마력량이라면 전투 중에 보급할 필요가 생길 가능성이 높기 때문이야."

그런가…… 이 훈련은 실전을 상정한 건가. 다시 말해서 적을 쓰러뜨리면서 보급도 할 필요가 있다. 적은 내가 마력을 보급받는 것을 기다려주지 않는다.

"알겠습니다! 근데 어떻게 하면 좋을까요?"

리제르 선배는 팔짱을 끼더니 가슴을 들어 올리듯이 내밀었다.

"어리광부리면 안 돼. 스스로 생각해."

……어?

그 말은?!

내가 리제르 선배의 가슴을 만져도 된다는 뜻?!

"서, 선배! 괜찮나요?!"

"얼른 해야지. 적은 기다려주지 않는다구?"

멧돼지 마물이 덮쳐왔다.

"큭!"

난 그 돌진을 피했고, 그 기세를 죽이지 않고 선배를 향해 뛰었다. 착지하면서 앞구르기. 올려다보니 그곳에는 높이 솟은 두 개의 쌍둥이 언덕이 있었다.

"실례합니다! 선배!!"

나는 양손을 뻗어 리제르 선배의 가슴을 움켜쥐었다.

"으응♥!"

선배의 입에서 관능적인 신음 소리가 새어 나왔다. 나도 모르게 손을 떼고 말았다.

"앗?! 죄, 죄송합니다! 아팠나──."

그 순간, 등에 찌릿찌릿한 충격을 받았다.

"으와아아아아아아아앗?!"

몸에서 힘이 빠져 무릎을 꿇었다. 어깨 너머로 뒤돌아보니 사마귀 손을 단 도마뱀이 킬킬거리며 웃고 있었다.

"당했다……."

갑자기 마물이 모습을 감췄다.

'현재의 마력 보급, 500.'

젠장, 겨우 그것뿐인가…….

나는 기합을 넣고 일어섰다.

"죄송합니다. 이번에야말로 제대로 해볼게요!"

"그래. 난 신경 안 써도 돼. 처음에는 과감하게 만져."

"하, 하지만…… 리제르 선배의 가슴을 난폭하게 다루다니…… 그렇게나 아름답고, 제게 소중한 선배의, 정말 소중한 곳인데."

"유, 유우토……."

선배의 볼이 희미하게 핑크색으로 물들었다.

"괘, 괜찮아. 네 특훈을 위해서인걸. 조금 아파도 나는 신경 안 쓰니까."

"리제르 선배……."

신경 쓰지 않을 리가 없다. 여성에게 있어서 소중한 곳이고 민감한 부분일 것이다. 그런 곳을 나를 위해서…….

선배를 그렇게까지 하게 만드는 자신의 한심함과 동시에 선배의 상냥함, 그리고 넓은 아량이 느껴져 눈물이 날 것만 같았다.

"한 번 더 부탁드립니다!"

"그래. 몇 번이라도 좋아."

그리고 나는 리제르 선배와 단둘이서 특훈을 이어나갔다.

◇ ◇ ◇

결국 2시간 정도 특훈을 계속했는데…… 결론부터 말하자면, 난이도가 상상 이상이었다.

허둥지둥 리제르 선배의 가슴을 만지려고 하다가 면목 없게도 가볍게 쳐서 가슴만 흔들리게 하거나, 주무를 수는 있어도 조바심을 내서 감촉을 즐길 여유도 없는가 하면 야한 기분이 들 상황이 아니었다. 당연히 마력도 전혀 흡수하지 못했다.

"죄송해요…… 선배."

"아, 아냐. 처음이잖아…… 웃♥ 어쩔 수 없지."

끝날 무렵에는 리제르 선배도 숨이 거칠어지고 볼도 상기되어 있었다. 선배가 등줄기가 떨릴 정도로 요염한 눈빛으로 바라봤다.

"내일부터는…… 좀 더 엄격하고 집중적으로 할 거야…… 하지만 그 전에."

리제르 선배는 내 손을 잡아서 자신의 가슴으로 이끌었다.

"실컷 애타게 만들었으니까…… 가 아니라, 평범하게 만지는 것부터 연습하자? 그리고 마력을 제대로 보급 해줘야지…… 앗♥"

──이런 실로 한심한 결과를 거뒀다.

하지만 언제까지고 분하게 여겨도 어쩔 수 없다. 이 특훈 메뉴도 아직 도입한 지 하루밖에 안 됐다. 오늘의 반성을 살려서 내일이야말로 힘내자.

그건 그렇고──,

역시 미야비가 걱정된다.

내일 학교에 오지 않으면 찾아가자는 약속을 했지만, 만약 오늘 밤에 무슨 일이 생겨서 손쓸 수 없게 되면 어떡할지 상상하니 안절부절 가만히 있을 수가 없었다.

주소는 전에 가르쳐줬으니…… 가볼까?

——그리하여,

나는 갑작스럽긴 하지만 유우가오제 가로 향했다.

하지만 집이 가까워질수록 결심이 흔들렸다.

갑자기 여자애 집에 찾아가는 건…… 어떻게 생각할까? 하는 생각이 들었다.

아니 아니, 딱히 방문하고자 하는 건 아니다. 밖에서 보고 문제가 없어 보이면 집으로 돌아가자.

그렇게 자신을 타이르면서 밤의 주택가를 걸었다.

"분명, 이 근처지……."

스마트폰의 지도 앱을 열어서 위치를 확인했다.

"여기일 텐데……."

확실히 그럴듯한 저택이 있었다. 높은 담으로 둘러싸여 있으며 굉장히 넓어 보이는 부지. 하지만 문패는 걸려있지 않았고 불도 켜져 있지 않으며 인기척도 없었다.

설마…… 진짜로 무슨 일이 있었나?

나는 주의하면서 집 주위를 빙 돌았다.

정확히 뒤편으로 왔을 때, 길을 사이에 두고 반대편에 작은 단독주택이 있었다.

"뭐지…… 이 집은?"

세워진 지 반세기는 거뜬하게 넘겼을 법한 옛날 느낌이 물씬 풍기는 목조주택.

하지만 낡아서 놀란 게 아니었다.

마당에 쓰레기와 잡동사니가 산더미처럼 쌓여있었다. 어디에서 가지고 왔는지, 누가 봐도 폐차된 차량과 기분 나쁜 마네킹, 뭐가 들어있는지 모를 비닐 봉투가 쌓여있었다.

그리고 집의 분위기도 이상했다.

지붕과 벽에 페인트로 마구 낙서가 되어있었다. 그 낙서들은 '죽어라' '저주' '죽인다' 등, 전부 뒤숭숭한 말들이었다. 그중에는 마술 문자도…… 아니, 어라? 진짜 저주의 마술식이잖아?

주의 깊게 보니 확실히 진짜였다. 하지만 마술식 위로 다른 페인트가 칠해져 지워져 있었다.

그 외에는…… '유우가오제에게 파멸을'. 어?

"―……."

어떻게 봐도 폐가다. 하지만 창문으로는 빛이 새어 나오고 있었다.

설마, 여기가?

아니, 하지만. 미야비는 귀족이지?

그때, 들은 적 있는 목소리가 폐가 안에서 들렸다.

"잠깐 바깥의 쓰레기를 정리하고 올게요. 네? 아…… 괘, 괜찮, 아요."

말투가 다르지만 이 목소리는 미야비의 것이다.

문 앞에서 가만히 서 있으니 문이 열렸다.

얼굴을 내민 소녀와 눈이 딱 마주쳤다.

"어…… 유, 유우토?"

"……미야비?"

분명 미야비였다.

하지만 머리를 풀고 품위 있는 원피스를 입은 모습에는 갸루의 모습은 없었다.

어떻게 봐도 곱게 자란 아가씨였다.

◇ ◇ ◇

나는 지금 미야비의 방에 있다.

여자의 방에 들어온 건 처음이라 조금 두근거렸다.

"미안해 유우토. 방이 이래서."

"아, 아니…… 갑자기 온 건 나잖아."

방에 대해서는 뭐라고 말하면 좋을지 알 수 없었다.

방의 넓이는 내 방보다 좁아서 2평 남짓. 거기에 가구와 짐이 쌓여있어서 발 디딜 곳도 없었다.

나와 미야비는 방의 대부분을 차지하는 침대에 나란히 앉았다.

이 방과는 정말 어울리지 않는 침대였다. 다른 가구의 사이즈도 좀 더 큰 방에서 사용할 것을 상정한 듯했다.

나는 창문 쪽으로 몸을 돌려 옆에 있는 저택을 봤다.

들은 주소에 따르면 저 저택이 유우가오제의 집일 것이다. 하

지만 물어봐도 괜찮은지 어떤지…….

"저 저택이 우리집이야. 지난달까지는, 그랬지만."

"……무슨 일 있었어?"

"응…… 사실은 믿고 있던 부하 마족에게 배신을 당해서……."

한마디씩 띄엄띄엄 말해준 이야기에 따르면, 부하 귀족들에게 배신을 당해 집과 부동산, 영지까지 전부 빼앗겨버렸다고 한다.

"너무 심한데……."

"아버님도 일으킨 적도 없는 반역죄 혐의를 받아 마계로 소환 당해서…… 겨우 남은 이 집에 어머님이랑 둘이서……."

이러니 기운이 없는 것도 납득이 된다. 그보다 지금까지 이런 환경에서 견디면서 밝게 행동한 걸 생각하니, 미야비의 씩씩함에 가슴이 아파왔다.

"그래서 왜 이런 일이 일어난 건지…… 뭔가 짚이는 데는 있어?"

"……그 녀석이야. '데빌'의 마왕 후보, 미츠이시 이비자."

난 그 경박한 날라리 남자를 떠올렸다.

"그 녀석이, 말이지……."

"응. 이유는 모르겠어. 하지만 전부터 유우가오제의 영지와 나를 노렸는데……."

미야비가 입을 다문 타이밍에 장지문이 스르륵 하는 소리를 냈다.

"잠깐 실례해도 될까?"

장지문이 열리고 나이트가운을 입은 우아한 미녀가 얼굴을 내밀었다. 손에는 티세트가 담긴 쟁반을 들고 미야비의 방으로 들어왔다.

이 사람이 미야비의 어머니인가…… 분명 미야비가 성장하면 이렇게 될 거라는 느낌을 주는 미모, 그리고 스타일. 어른의 색기가 장난이 아니었다.

그리고 비정상적으로 젊어 보였다.

내 어머니도 악마에게서 받은 반지로 안티 에이징 효과가 대단했지만 그 이상이었다.

"어머님…… 괜찮다고 말씀드렸는데."

미야비가 조금 곤란한 듯한 표정으로 중얼거렸다…… 그보다, 아가씨 말투?

전에 내 부모님에게 인사를 했을 때도 말을 정중하게 해서 놀랐는데, 미야비는 가족에게도 이렇게 말하나?

"당신이 '러버즈'의 마왕 후보 분?"

"아, 네. 모리오카 유우토라고 합니다. 미야비에게는 항상 신세 지고 있습니다!"

우와, 뭔가 엄청 긴장된다.

"미야비가 신세 지고 있습니다…… 잠깐, 얘기해도 괜찮을까요?"

물론 YES.

앉을 곳도 없기에 어머니는 선 채로 있었다. 상대를 세워두면 미안하니, 나도 일어섰다.

"솔직히 아직도 인간이 마왕 후보라는 게 믿기지가 않아요.

당신은…… 정말로 인간이면서 마왕 후보인가요?"

난 목 언저리에서 '러버즈' 아르카나를 끄집어냈다. 목에 건 케이스에 들어있는 아르카나를 본 순간, 미야비의 어머니의 눈이 크게 뜨였다.

"제가 인간인 건, 아마 마족 분이라면 알 수 있을 겁니다."

"그래…… 그렇구나."

그렇게 말하고 슬픈 듯이 눈을 내리떴다.

"어쨌든…… 이걸로 유우가오제 가는 끝이구나……."

"어머님?!"

"안 그래도 불리한 '러버즈'라구요. 그래도 히메가미 님의 따님이라면…… 하는 생각도 있었지만, 이걸로 희망도 무너졌네요. 우리 가문이 몰락하는 것도 운명이었군요."

"그렇지 않아!"

미야비는 일어서서 언성을 높였다.

"……미야비? 왜 그러니, 그런 말씨를 다 쓰고."

어머니가 놀란 눈으로 쳐다보자, 미야비는 갑자기 말문이 막힌 것처럼 횡설수설했다.

"──아뇨, 아…… 유우토는, 그게, 아니에요…… 그러니까……."

미야비의 어머니는 애처롭게 고개를 숙이고 방에서 나갔다.

장지문이 닫히고 잠시 뒤에 미야비가 불쑥 말했다.

"유우토…… 미안해."

"왜 사과하는 거야. 미야비의 어머니도 딱히 나쁜 말을 한 건 아니잖아."

"——그치만!"

나는 미야비의 어깨에 손을 올려 다시 침대에 앉혔다. 나도 옆에 앉아서 미야비를 보고 미소 지었다.

"그건 그렇고, 집인데 아가씨 말투를 쓰는구나."

그러자 미야비는 수줍은 듯이 볼을 붉히며 입을 꾹 다물었다.

"그건 집이라서 그런 거야. 우리 집은 그럭저럭 괜찮은 귀족 집안이라서 예의범절 교육 같은 게 엄격했어. 하지만 나한테는 전혀 안 맞았어."

미야비는 힘없이 웃었다.

"틀에 박힌 말이라면 할 수 있지만. 그런 게 아니면 말이 윽 하고 막혔다가 삭 사라져버려. 완전히 글러 먹었어. 파티 같은 건 최악이야. 대부분의 시간을 입 다물고 벽과 하나가 되어있었어."

"뭐야 그게."

나도 모르게 웃음을 터뜨리고 말았다.

"난 머리도 나쁘니까, 마술식 같은 어려운 건 잘 모른단 말이야. 그래서 센 마법도 못 쓰고. 그래서 팍 낙담해서, 안 그래도 말수가 없었는데 성격도 어두워지고."

"지금의 미야비를 보면 상상도 안 되네."

"중학교 때 날 데려다주는 차가 고장 난 적이 있었어. 그래서 반 친구들이 모처럼의 기회라면서 꼬드겨서 처음으로 하굣길에 번화가에서 놀았어. 그때 거리에서 화려한 여자애들을 봤는데…… 그게 갸루 패션과의 첫 만남이야."

미야비는 그리운 과거를 떠올리듯이 미소 지었다.

"엄청 자유롭고 세 보이는 느낌이 들었어. 그래서 어머님과 아버님에게는 비밀로 하고 시작했어. 그랬더니──."

미야비는 반짝이는 눈동자로 날 봤다.

"정말 굉장한 거야! 뭔가 두근두근하고 자신감이 자꾸자꾸 솟아났어. 완전 다른 사람이 된 것 같은 거야. 정중한 말을 쓰지 않아도 신경 쓰지 않고 내 마음대로 말하면 된다. 그렇게 생각했더니 잔뜩 말할 수 있게 됐어. 그게 훨씬 더 기뻤어!"

즐겁게 이야기하는 미야비를 보고 있으니, 나도 즐거워졌다.

확실히 곱게 자란 아가씨 패션에 아가씨 말투를 쓰는 미야비를 보고 넋을 잃고 말았지만, 갸루풍 미야비가 가장 미야비다운 미야비다.

즐거워 보이는 미야비의 표정이 갑자기 험악해졌다.

"그래서…… 반년 전부터 누군가가 우리 집에 나쁜 짓을 한다는 걸 알고 절대로 용서할 수 없다고 생각했어. 묵사발을 내줄 생각으로 수행하고 있었는데……."

"금방 성과를 내는 건 어려우니 말이지……."

미야비가 눈을 번뜩이며 째려봤다.

"유우토가 그런 말 하기야?"

"윽…… 뭐, 나 같은 경우에는 마왕의 아르카나의 힘인데…… 그, 그보다, 이비자는 반년 이상 전부터 계획을 진행하고 있었다는 거야?"

"아마 더 이전부터일 거야. 몇 세대 전부터 사이좋게 지내던 일족들이 왜 우리 집을 배신하는지 몰랐지만, 분명 그 녀석의 고유마법 때문이야."

나는 그 뱀 같고 정체를 알 수 없는 기척을 떠올렸다.

그게…… 녀석의 고유마법인가?

"그러니까 내가 반드시 그 녀석을 두들겨 패줄 거야!"

"하지만 만만치 않을 거야."

어제 체육관에서 일어난 일. 그때를 생각해보면 다른 마왕 후보는 물론이고 간도 교장까지 이비자를 두려워하는 분위기였다. 다시 말해서, 녀석의 힘은 그만큼 강대하다는 뜻이다.

그런 상대에게 나나 미야비가 이길 수 있을까?

미야비는 씩 웃으며 손으로 브이 사인을 만들었다.

"괜찮아~ 괜찮아~. 유우가오제 가에는 비장의 마법이 있거든!"

"비장의 마법?"

"응. 말하자면 궁극 오의!!"

"궁극 오의!"

"쿠구구궁 하고, 짜자자잔 하는 느낌일 거야! 분명!"

"……그래서 구체적으로 어떤 마법이야?"

"글쎄?"

"……."

글쎄라니.

"어, 어쩔 수 없잖아! 완전 옛~날 옛~날 먼~ 옛날부터 사용한 조상님이 없으니까!"

미야비는 새빨개져서 필사적으로 변명을 시작했다.

"하지만 내 핏속에 계승되어 있대, 그 마술식이."

"핏속에……?"

"그래 맞아. '혈족마법'이라는 거야."

"처음 듣는데…… 핏속에 흐르는 마술식을 그렇게 부르는 거야?"

"응. 어떤 힘이었는지는 모르겠지만, 그 힘 덕분에 조상님은 변경백으로 출세했대. 인간 권력자나 유력 마족과 친해지는 것도 잘했다던데. 그래서 점점 동료가 생겨서…… 그게 유우가오 제의 부하 귀족들이었는데."

──갑자기,

아르카나의 목소리가 귀에 울렸다.

'경고. 위협이 다가오고 있습니다. 경계를 소홀히 하지 마십시오.'

뭐야?!

나는 튀어 오르듯이 침대에서 일어났다.

"미야비! 적이 왔어!!"

미야비도 일어서서 험악한 표정을 지었다.

"설마…… 이비자가?!"

미야비는 방에서 뛰쳐나가 현관으로 향했다.

나도 바로 뒤를 쫓아서 집 밖으로 나갔다.

"?!"

마당 저편, 다 떨어지려 하는 문 근처에 세 사람의 그림자가 보였다.

"뭐야~ 정말로 이런 곳에 살고 있나요? 안 믿기네요."

"정말이지 완전히 몰락했네. 이런 녀석들한테 머리를 숙였나 하고 생각하면 스스로가 싫어져."

이 녀석들은 미야비의 부하였던 귀족. 분명 마키와 레베카. 그리고——,

"예~이! 최고의 밤이네!"

"……미츠이시 이비자."

"오? 뭐야뭐야, '러버즈'의 마왕 후보도 있는 거야?! 뜻밖이네!"

미야비가 세 명을 노려봤다.

"너희들, 뭐하러 온 거야?!"

"그야, 미야비를 데리러 왔지~."

이비자는 옆에 우뚝 솟아있는 유우가오제의 저택—— 지금은 자신의 것이 된 저택을 올려봤다.

"겨우 준비도 다 됐으니 말이야. 이제 대망의 마법을 쓸 수 있다 이 말이야!"

대망의 마법?

"이비자! 넌 대체 뭘 꾸미고 있는 거냐?!"

두 카드, 마키와 레베카가 나에게 살의가 담긴 시선을 보냈다.

"이 인간은 뭐야?! 이비자 님에게 무슨 말버릇이야! 죽여버릴 거야!!"

"이비자 님의 모습을 보는 것만으로도 황송한 일인데…… 인간 따위가 주제를 몰라도 너무 모르는구나. 가축은 가축답게 돼지우리에라도 가렴."

레베카는 그렇게 말하고 갑자기 웃었다.

"이런 실례. 이 집이 돼지우리였구나. 내가 몰라봤네."

그 말을 들으니 무의식중에 머리에 피가 솟았다.

"사람의 집을 보고 어떻게 그런 실례 되는 소리를 하는 거냐! 애초에 너희가 일을 꾸며서 미야비를 여기로 몰아넣었잖아!!"

나는 마술식을 구성했다.

마력의 흐름을 감지했는지 마키와 레베카도 마법진을 띄웠다.

"흐음~, 인간 따위가 뭘 할 셈이지? 죽여버린다?"

"아니, 바로 죽이지는 말자. 고통을 줘서 죽여 달라고 울면서 애원할 때까지 즐기는 게 좋을 거야."

"아하하하! 찬성! 그렇게 하자!"

둘이 마법을 발동시키려고 한 순간,

"기다리세요!"

미야비의 집에서 가운을 입은 모습 그대로 어머니가 모습을 드러냈다.

"딸에게는 손대지 못 하게 할 겁니다. 그리고…… 우리 유우 가오제 가에 한 짓. 용서할 수 없습니다!"

가운의 앞부분을 열어 하얗고 탄력 있는 허벅지를 드러내고 달렸다.

──빠르다?!

순식간에 내 옆을 지나서 마키와 레베카에게 덤벼들었다.

"큭?!"

마키가 화염 마법 '파이가', 레베카가 얼음 마법 '아이자'를 썼지만 그 두 마법을 체술로 빠져나갔다.

가운의 끈이 풀려 광택 있는 속옷을 입은 모습이 드러났다.

그래도 위축되지 않고 공세로 전환했다. 나이가 느껴지지 않는 탄탄한 육체가 약동하여 주먹과 발차기로 연속 공격을 해나갔다.

'알마드' '맥시마이즈' '스트라이드'의 병렬 기동. 역시 모녀다. 미야비와 마찬가지로 물리 공격이 특기인 것 같다.

"뭐, 뭐야! 이 아줌마는?!"

"큭! 공격이 묵직해!"

순식간에 형세 역전. 마키와 레베카를 몰아붙였다.

하지만──,

"?!"

어느샌가 발아래에 '디토네이션' 마법진이 나타나 있었다.

"큭!!"

폭발하는 것보다 약간 빠르게 땅을 차서 뒤로 뛰었다.

하지만 폭발의 충격파에 날려진 미야비의 어머니는 땅에 쓰러졌다. 하지만 움직임을 멈추지 않고 그대로 굴러서 거리를 띄웠다.

속옷을 입은 모습을 드러내면서도 과감하게 일어섰다.

"오~ 저걸 피하는구나! 대단해, 최고야! 아줌마이긴 하지만, 내 카드로 삼아줄까? 사랑해줄게? 끝내주는 제2의 인생을 살아보지 않을래? 몸도 완전 좋으니까 말이야!"

"뭣……?! 무, 무례하다!!"

미야비의 어머니는 볼을 빨갛게 물들이며 가운의 앞부분을 닫 았다.

이비자를 공격하려고 했지만, 허리끈을 다시 묶는 사이에 이 비자의 공격 마법이 완성되었다.

"'파이자드'!!"

이비자 앞에 나타난 마법진에서 불꽃이 뿜어져 나왔다. 홍련 의 불꽃이 용처럼 덮쳤다. 어머니의 안색이 바뀌었다.

"——?!"

"어머님!!"

미야비의 고함소리가 울렸고, 어머니의 눈앞에서 불꽃이 튕겨 나갔다.

——안 늦었나.

불꽃과 연기가 흩어져가는 그 속에서 나의 '바리카데'가 나타 났다.

"어라?"

이비자는 신기하다는 얼굴로 나를 바라봤다.

"어라라라? 너…… 내 마법을 튕겨낼 수 있어?"

난 미야비의 어머니 앞으로 뛰쳐나가 '바리카데'를 전개하고 있 었다. 나는 뒤에 쓰러져 있는 미야비의 어머니에게 말을 걸었다.

"괜찮은가요?"

"그…… 그래."

나는 다시 이비자를 노려봤다.

"'데빌'의 마왕 후보! 네가 지껄이는 사랑은 사랑도 뭣도 아니다! 그저 너의 고집을 네 입맛에 맞게 바꿔 말하고 있을 뿐이다!! 호의를 이용해서 다른 사람의 소중한 것을 착취하는 너의 방식은 악독하다!! 절대로, 용서 못 해!!"

"후후후…… 아하하하하하하하하하하."

"뭐가 웃기냐?!"

"그야 웃기잖아. 화내는 이유가 너무 어이없어. 그런 이유로 비난을 받아도 어찌할 도리가 없다니깐. 그도 그럴 게 당연한 일이잖아. 너, 날 뭐라고 생각하는 거야?"

이 녀석의 산뜻하지 않은 미소는 처음 봤다.

"난 악마거든?"

그것은 그야말로── 악마적인 미소였다.

"덤비라고. '러버즈'의 마왕 후보. 누가 차기 마왕에 적합한지 가르쳐줄 테니까~!!"

"좋다! 네가 미야비에게서 빼앗은 모든 걸 돌려받겠다!!"

"인간이 말은 참 잘하네~. 체육대회 발표 때 못 알아챘어?"

"뭘 말이냐?!"

"다른 마왕 후보들 모두 이 몸을 두려워하고 있다는 걸♪"

"……!!"

"오, 표정이 변했네! 역시 알고 있었잖아. 현 마왕도 나한테는 쉽게 손 못 댄다구? 나 최강이지 않아? 그런데도 계속 대들려고 하는 거야?"

이비자는 히죽거리면서 나를 깔봤다.

이비자의 눈동자가 빨갛게 빛나고, 그 섬뜩하고 기분 나쁜 감각이 등줄기를 타고 올라왔다.

'경고, 〈〈프린세스〉〉 카드에게 위협이 다가오고 있습니다. 위험지수 12. 빠른 철수를 권장.'

──설마?!

"?! 미야비! 물러나! 집 안에 들어가 있어!"

쓰러진 어머니를 안아서 일으키고 있던 미야비가 놀란 듯이 나를 올려다봤다.

"……어? 그, 그치만."

뜻밖에도 당혹스러운 표정을 지은 건 미야비뿐만이 아니었다.

이비자가 어째서인지 나를 가만히 쳐다보고 있었다.

"너…… 뭐야? 혹시, **보여**?"

──보여?

이 녀석은 무슨 소리를 하는 거지?

이비자는 얼굴을 찌푸렸다.

"너 말이야…… 대체 뭐야?"

뭐냐니──.

그때,

"거기까지야."

귀에 기분 좋고 청량한 목소리가 울렸다.

듣기만 해도 안심할 수 있는 이 목소리.

"리제르 선배?!"

이비자 일행의 뒤에 리제르 선배와 레이나의 모습이 있었다.

"……히메가미 리제르."

이비자가 가볍게 혀를 찼다. 재빠르게 리제르 선배와 레이나를 슥 봤다.

레이나의 손에는 칼집에서 뽑은 일본도가 있었다. 그 칼날이 젖은 것처럼 반짝이고 있었다.

평소의 귀여운 모습은 티끌만큼도 없었다. 언제든지 베어버리겠다. 그런 매서운 기세가 칼끝까지 충만했다.

리제르 선배도 아무렇지도 않게 서 있는 것 같았지만 몰래 마술식을 전개하고 있는 듯했다.

우리의 머리끝에서 발끝까지 덮는 거대한 마술식이라는 것은 알 수 있다. 하지만 그 정체와 전모를 나는 알지 못한다.

"물러나 이비자. 너라도 이 인원을 상대하는 건 어려울 텐데."

"……흐음, 그렇게 생각해?"

"나랑 레이나가 늦게 온 것에 의미가 없을 것 같아?"

"……."

"'러버즈'의 마왕 후보는 저속한 결투는 하지 않아. 마땅한 때와 장소를 골라서 싸우지. 오늘 밤과 이 장소는 마왕 대전에 어울리지 않아."

"……칫."

한 번 더 혀를 차니, 이비자의 표정이 싹 바뀌었다.

"오케이 오케이!! 밤에 히메가미 공주님과 만났다는 완전 로맨틱한 이벤트가 일어났으니 그걸 봐서~ 난 물러날게! 오늘 밤은 좋은 일이 있을 것 같아! 최고의 밤이라구 최고다 으쌰쌰!!
그럼~ 애들아 가자~ 춤추러 가자~."

이비자는 양손으로 마키와 레베카의 어깨를 안고 발길을 돌렸
다.

그리고 즐거운 웃음소리를 내면서 밤거리로 사라져갔다.

그 모습이 보이지 않게 되자, 나는 긴장감에서 해방되었다.
깊은 한숨과 함께 어깨에서 힘이 빠져나갔다.

난 리제르 선배에게 머리를 숙였다.

"선배…… 죄송해요. 멋대로 미야비네 집에 와버려서."

둘이서 한 약속을 깨고 멋대로 왔다. 그런데다가 위험한 상황
에 빠지고, 결국에는 도움까지 받아버렸다. 혼나는 게 당연하다.

하지만 머리 위에서 선배의 다정한 목소리가 내려왔다.

"아냐. 나도 유우토랑 똑같은 생각을 하고 온 거니까."

"네? 선배도."

무심코 고개를 드니 선배는 빙긋 웃으면서 내 머리를 쓰다듬
었다.

"하지만 유우토가 한발 빨랐던 것 같네. 덕분에 아무도 안 죽
고 끝났어. 잘했어 유우토…… 만점이야."

가슴속에서 기쁨이 춤췄다.

리제르 선배에게 칭찬을 받으면 왜 이렇게 기쁜 걸까. 혼자 있
었다면 분명 춤을 췄을 것이다.

"감사합니다! 레이나도 와줘서 고마워."

갑자기 말을 걸린 레이나는 트윈테일도 같이 뛰어오르며 놀랐

다.

"하와왓! 아니에요 아니에요, 레이나는 아무것도 안 했어요, 예요!"

"저기……."

미야비의 어머니가 머뭇거리면서 다가왔다.

"감사합니다…… 당신이 구해주지 않았다면, 전……."

"아, 아뇨! 당연한 일을 했을 뿐이에요."

허둥거리면서 그렇게 대답하니 미야비의 어머니는 따뜻한 미소를 지었다.

"신기한 사람이네요…… 왠지 인간 마왕 후보라는 것도 나쁜 게 아닐지도 모르겠어요."

그렇게 말하고 미야비의 어깨를 안았다.

"제 이름은 유우가오제 미야코. 부디 딸을…… 잘 부탁드립니다."

그리고 나에게 머리를 깊이 숙였다.

마족의, 그것도 자존심 센 귀족 부인이 인간인 나에게 머리를 숙였다. 그 행동에는 여러 마음이 담겨있을 것이다. 나는 그 무게를 받아내야만 한다고 생각했다.

"고개를 들어주세요, 미야코 씨. 저야말로 따님을 위험한 상황에 처하게 해서 면목 없습니다. 하지만 저에게는 미야비의 힘이 필요해요."

"……유우토."

미야비는 촉촉한 눈동자로 날 바라봤다.

"그 대신 미야비는 반드시 지켜내 보이겠습니다! 미야코 씨도 요! 그리고 반드시 이비자를 쓰러뜨려서 빼앗긴 것을 되찾겠습니다!"

미야코 씨는 나를 똑바로 바라보면서 다가왔다.

"아아, 날 지키기 위해서 싸워준 데다가…… 그렇게나 열정적인 말을 들으면, 난……."

바라보는 눈동자가 젖어서 반짝였다. 그 눈동자가 점점 다가와서…… 가, 가까워.

"잘 보니, 당신 귀엽네요♥"

미야코 씨는 내 가슴을 검지로 원을 그리듯이 어루만졌고 얼굴이 코앞 5센티 위치까지 접근했다.

"저, 저기…… 미야코 씨?"

"나이가 아들뻘인 남자애도 나쁘지 않으려나……♥"

미야비가 당황해서 사이에 끼어들었다.

"자, 잠깐만?! 어머님? 너, 너무 가깝지 않아?!"

미야코 씨는 미야비에게 삐진 듯한 표정을 보여줬다.

"참, 심술궂네. 엄마도 한 번쯤은 더 청춘을 즐겨도……."

"안돼 안돼 안돼!! 문제 발언이야!! 딸 앞에서 무슨 소릴 하는 거야?! 삑~이야! 삑~!!"

오늘밤은 어떻게든 넘겼다—— 하지만 아직 문제는 아무것도 해결되지 않았다.

'데빌'의 마왕 후보, 미츠이시 이비자.

녀석을 쓰러뜨릴 때까지는.

마왕학원의
반역자

제3장

블루머 차림의 히로인들

미츠이시 이비자는 마키와 레베카의 어깨를 안고 걷고 있었다.

둘이서 이제부터 무엇을 할 건지 묻고 놀러 가자고 꼬드기고 있지만, 귀에 전혀 들어오지 않았다.

머릿속을 채우고 있는 건 유우가오제 미야비의 육체뿐.

오늘 밤에 해결될 터였다.

유우가오제의 토지는 이미 손에 넣었다.

남은 건 이 토지에 뿌리내린 변경백의 피. 젊고, 신선하고, 아름답고, 산제물로 바치기에 최적인 피와 살.

그게 필요했는데.

어차피 미야비와 어머니밖에 안 남았다면서 얕보고 있었다.

'러버즈'의 마왕 후보인가.

하필이면 인간 마왕 후보일 줄이야…….

화가 치밀었다.

하지만 인간이라는 것은 절대적인 약자이기도 하다는 뜻이다.

정면으로 쳐부수면 된다.

그리고 다른 마왕 후보도 내 앞에서는 무릎 꿇을 수밖에 없다.

내 고유마법―― '사이코넥트' 앞에서는.

다른 마왕 후보가 체육대회에 참가하지 않는 큰 이유는 내가 참가하기 때문이다.

그렇다, 다들 나를 두려워하고 있다.

왜냐하면 '사이코넥트'는 최강의 고유마법이기 때문이다.

그 판단은 올바르다.

내가 차기 마왕이 되는 것은 약속되어 있는 것과 마찬가지다.

"후⋯⋯ 크크크."

"왜 그러세요? 갑자기 기분이 좋아졌는데."

레베카가 이상하게 여기는 표정을 지었다.

"아아! 미안 미안! 잠깐 생각하고 있었어! 이제부터 어디로 갈까 하는 생각을 말이야!"

"그래~? 그래서 어디 갈 거야~?"

시끄러워.

유우가오제 가의 영지와 재산이 손에 들어오면 너희한테는 볼일 없다고.

둘 중 하나를 바로 폐기하고 미야비가 날 사랑하게 만들어서 의식을 치를 예정이었는데.

하필이면 '러버즈'의 카드가 되어있을 줄이야⋯⋯.

조금 귀찮게 됐다.

먼저 '러버즈'의 마왕 후보를 정리할까.

내가 직접── 아니, 카드가 대신 싸우게 하는 편이 좋을 것이다.

적어도 녀석은 '월드'의 마왕 후보를 쓰러뜨렸다.

그리고 방금 전의 묘한 마력 증대도 신경 쓰인다.

우선은…… 지금 가지고 있는 카드를 한 장 버리고 더 강한 카드를 손에 넣자.

그 녀석을 '러버즈'의 마왕 후보와 싸우게 하자.

그렇게 하면 녀석의 진정한 실력, 그리고 히메가미 리제르의 실력도 알 수 있겠지.

손은 이미 차기 마왕의 의자에 걸쳐져 있다. 만에 하나라도 실패할 수는 없다.

나는 어떻게든 유우가오제 가에 계승되어 온 것을 손에 넣어야만 한다.

확실하게 차기 마왕이 되기 위해서.

이비자의 눈동자가 빨갛고 요사스럽게 빛났다.

문득 그 손에 붉은 사슬이 나타났다. 그 사슬은 마키와 레베카의 목에 채워진 빨간 목줄에 연결되어 있었다.

그리고 이비자의 몸에서 열두 개의 사슬이 더 뻗어 나와 땅으로 사라졌다.

합계 열네 개의 사슬.

그것은 마왕 후보가 보유할 수 있는 카드의 상한과 똑같은 숫자였다.

……열네 개의 목줄.

무조건적으로 무제한으로 무상의 사랑을 바치게 하는 목줄.

마왕 후보도 이 힘 앞에서는 무력하다.

마왕 후보의 반 이상이 동시에 나에게 사랑을, 목숨을 바친다.

그렇게 되면 마왕대전의 전황은 내 뜻대로 움직일 수 있다.

다른 마왕 후보가 가진 모든 것을 바치게 하고, 서로 죽이게 하여 파멸로 인도한다.

그 순간을 상상하면 싫어도 마음이 들뜬다.

흥분해서 당장이라도 그렇게 하고 싶어진다.

진정해, 이비자.

지금은 완전하지 않아.

지금은.

이 목줄과 사슬…… '사이코넥트'를 완벽하게 만들었을 때가 바로 내가 움직일 때다.

완벽하게 만들기 위해 필요한 소재는 유우가오제 가의 혈족마법.

그걸 위해서 이렇게 번거로운 짓을 하고 있다.

이비자는 손에 쥔 사슬을 험악한 얼굴로 바라봤다.

확실히 '사이코넥트'는 최고다.

하지만 앞으로 한 수.

다른 마왕 후보를 쓰러뜨리고 차기 마왕의 자리를 확실하게 확보하려면 한 수 더 필요하다.

그 여자를 산제물로 삼아 유우가오제의 영지에서 의식 마법을 거행한다.

그렇게 하면 '사이코넥트'의 사각은 사라진다.

진정한 의미로 나는 최강이 된다.

그 때야말로 차기 마왕의 자리가 내 것이 된다.

"저기~ 이비자? 듣고 있어?"

"어? 아아, 듣고 있어 듣고 있어."

"왜 그러는 거야? 꽤나 무서운 얼굴 하고 있었는데."

"아~ 아냐 아냐! 어디로 갈지 엄~청 진지하게 생각하고 있었어! 그래서 생각났는데, 회원제 클럽이 있어! 거기라면 술도 약도 할 수 있어!"

"좋네. 거기로 가자."

"예~이! 다시 시작이다! 밤은 이제부터 시작이라고~!!"

양팔에 안은 소녀는 즐거운 교성을 지르며 대답했다.

하지만 이비자는 마지막에 두 소녀를 어떻게 이용할지 생각하고 있었다.

이비자의 습격을 물리친 후, 리제르 선배는 기사에게 미야코 씨만 자신의 차에 태워 히메가미 가의 저택으로 가도록 지시를 내렸다.

당분간 미야코 씨와 미야비를 자신의 저택에 숨겨주기로 한 것이다.

미야코 씨를 태운 차가 보이지 않게 되자 리제르 선배는 미야비를 날카롭게 째려봤다.

"미야비!!"

미야비가 깜짝 놀라 펄쩍 뛰었다. 그리고 나도 놀라서 펄쩍 뛰었다.

리제르 선배가 이런 식으로 화내는 건 처음 봤다.

"이런 일이 벌어졌는데 왜 더 빨리 말을 안 한 거야!!"

서슬 퍼런 기세에 그 당당한 미야비도 움츠러들었다.

"……그치만, 이런 건 말하기 어려워서…… 그리고 모두에게 폐가 되기도 하고."

"우리는 팀이잖아. 미야비의 문제는 개인적인 문제가 아니야. 그게 원인이 되어서 '러버즈' 전체에 영향을 줄 수도 있어."

"그, 그래서, 더…… 말하기 어려워서……."

"말하기 어려운 것이나 나쁜 소식일수록 빨리 말하지 않으면 안 돼. 보고하기 어려운 건 이해하지만 늦어지면 늦어질수록 도와주기 어려워져. 돌이킬 수 없는 사태가…… 아마, 벌어지고 말았어."

"……선배는 항상 타당하네. 정말 맞는 말밖에 안 해."

미야비?

"하지만 알고 있어도 할 수 없는 일이 있어. 망설이고, 불안해하고, 어떻게 할까 고민하면서 똑같은 곳을 뱅뱅 돌게 되는 일이."

미야비의 얼굴이 금방이라도 울 것처럼 변했다.

"그야…… 난……."

리제르 선배는 미야비에게 성큼성큼 다가갔다.

따귀를 맞을 것이다. 그렇게 생각하니 내 목까지 움츠러들었다.

──하지만,

리제르 선배는 미야비를 꼭 안았다.

"······선배?"

"네가 나한테 폐를 끼치는 건 어제오늘 일이 아니잖아. 그런 걸 신경 써서 어쩔 거야? 미야비가 이런······ 이런 일을 겪고 있는데 알아채지 못했다니."

리제르 선배는 분함에 떨리는 목소리를 냈다.

미야비도 목소리를 떨면서 대답했다.

"······미안해요."

"······."

리제르 선배는 미야비에게서 몸을 떨어뜨리고 손으로 머리를 빗어 가지런히 했다. 볼이 약간 빨갰다. 어쩐지 수줍음을 감추려는 것처럼 보였다.

"······잠깐 작전 회의를 하자. 유우토랑 레이나는 시간 괜찮아?"

"물론이죠."

"레이나도, 레이나도, 완전 괜찮아요!"

"그러면······ 그렇네. 유우토, 네 집에 가도 괜찮을까?"

"--네? 네, 물론 괜찮은데······."

거절할 이유도 없어서, 우리는 리제르 선배가 잡은 택시를 타고 모리오카 가로 이동했다.

확실히 거절할 이유는 없지만, 불안함밖에 느껴지지 않았다.

그 이유는──,

"어머나~! 어머나~! 얘들아! 어서와아아아아!"

불안함의 이유── 나의 어머니, 참고로 이름은 사쿠라──
의 기분이 갑자기 레드존까지 업 돼서 우리를 맞이해줬다.

"갑자기 불쑥 찾아와서 죄송합니다."

"실례합니다~!!"

"시, 시시실례합니다, 이에요."

어머니는 만면 가득한 웃음을 순식간에 화난 표정으로 바꿨
다.

"정말~, 유우도 참! 친구를 데려오면 제대로 얘기를 해야지!
아무런 대접도 못 하잖아!"

"미안, 갑자기 정해져서."

그러자 순식간에 다시 녹아내릴 듯한 웃음을 지으며,

"아~! 귀여운 애가 가득해서 엄마는 기뻐♡ 어떡하지♪ 집안
이 엄청 환해졌어! 뭔가 네 자매라는 느낌인데?!"

어이, 은근슬쩍 자기를 끼워 넣지 마. 40대.

"아아! 알았더라면 실력을 발휘해서 요리를 했을 텐데!! 분해!
오늘은 하필이면 카레라구?! 그치만 이틀 치를 한꺼번에 만들었
으니까, 이 인원수라도 문제없겠네♪ 엄마는 훌륭해★"

어머니는 싱글벙글한 얼굴과 화가 뿜뿜 난 얼굴을 5초마다 교
체했다. 정말 감정 기복이 바쁜 사람이다.

한편, 아버지는 창백한 얼굴로 떨고 있었다.

"히, 히메가미 님과 유우가오제 님과 코이와이 님…… 만에
하나 실수라도 하면…… 덜덜덜덜."

입으로 덜덜덜덜이라고 말할 정도로 다급함을 느끼고 있었다.

왠지 미안했다.

리제르 선배는 아버지의 긴장이 풀리도록 친숙한 분위기로 미소 지었다.

"걱정하지 마세요. 저희야말로 항상 갑자기 불쑥 찾아와서 죄송합니다. 오늘은 학교 친구로서 방문했으니 염려하실 필요 없어요."

"그, 그런가요…… 아니, 집이 좁지만, 어, 어서 안으로 드시지요."

"맞아! 사양할 필요는 없어! 아앗, 레이나! 여전히 작고 귀엽구나. 또 만나서 기뻐!! 어쩜~ 너무 좋아♡!!"

레이나가 신발을 벗고 현관에 들어왔을 때 확 안았다. 레이나는 깜짝 놀란 것처럼 눈을 크게 뜨고 있었는데, 그보다 아버지가 더 놀라고 있었다. 놀랐다기보다는 당황하고 있었다. 공포에 떨고 있었다.

"여! 여보오오오오오오?! 갑자기 무슨 짓이야아아아아?! 시, 실례라고! 조금은 자제해!"

하지만 어머니는 꼭 안은 채로 놓지 않았다.

뭐, 레이나도 정말로 싫었다면 피했을 테지만── 어라?

"……아."

레이나의 눈에서 한줄기 눈물이 흘러내렸다.

"레이나?"

의아한 표정을 짓는 어머니와 새파란 것을 넘어 얼굴이 새하얘진 아버지.

당사자인 레이나는 침묵.

조용히 계속 눈물을 흘렸다.

이건…… 대체 무슨 일이지?

어머니는 약간 걱정스러운 듯이 물었다.

"레이나, 안기는 건 싫어?"

레이나는 대답하는 대신 조심스럽게 고개를 저었다.

어머니는 레이나의 등을 살살 두드리더니 밝은 목소리로,

"아, 카레 마무리해야 하는데. 레이나가 도와주면 엄마는 기쁠 것 같은데~?"

레이나는 고개를 꾸벅 숙였다.

"그럼 부엌으로 렛츠고~. 레이나는 카레 좋아해?"

"……정말 좋아해요."

레이나를 껴안고 부엌으로 모습을 감추는 엄마.

"……그럼, 아빠는 거실 세팅을 해볼까. 인원수가 늘었으니 말이다. 어디 보자, 더 가져올 의자는…….."

그렇게 말하면서 거실로 돌아가는 아버지.

리제르 선배는 그 등을 지켜보고 나에게 따뜻한 미소를 지었다.

"역시 유우토의 부모님이라는 느낌이야."

"네…… 부끄럽네요."

"부끄러운 일 같은 건 하나도 없잖아. 정말 멋진 사람들이야."

칭찬받으니 기뻤지만 칭찬할만한 요소가 있었나?

뭐…… 레이나가 왜 울었는지는 신경 쓰이지만.

하지만 물어보는 게 꺼려지는 분위기였으니…… 레이나가 스스로 말해주는 걸 기다리는 편이 좋을 것 같다.

"음…… 그럼, 모두는 내 방으로."

"그래, 실례할게."

계단을 올라 2층에 있는 내 방으로 갔다. 그리고 리제르 선배와 미야비는 우리 집의 결계 상태를 조사하기 시작했다. 미야비의 집 다음은 내 집이 습격받을 가능성이 있기 때문이다.

"이상은 없네. 하지만 주의에 또 주의를 기울여야지. 결계의 강도를 더 올려놓을게."

리제르 선배는 익숙한 솜씨로 우리 집의 마법 결계를 갱신했다.

"이걸로 괜찮아. 방심은 금물이지만."

"감사합니다. 근데…… 단단히 방어 하는 것도 중요하지만, 우리 쪽에서 이비자를 공격할 수는 없나요?"

"지금 싸워도 승산은 아마 없을 거야."

"……?!"

딱 잘라 그런 말을 해서 충격을 받았다.

"역시 아까 전에 이비자에게 물러가라고 한 건……."

"그래. 경계심이 강한 남자니까, 예상 밖의 요소인 나와 레이나가 나타나면 철수할 거라 생각했어. 내가 어떤 수단을 준비했는지 간파하지 못했을 거니까."

"그랬나요…… 선배는 어떤 수단을 준비해서 왔나요?"

"아니? 아무것도."

미야비가 놀란 듯이 몸을 앞으로 내밀었다.

"엑?! 그럼 그, 나랑 레이나가 늦게 온 건── 이라고 말한 건 그냥 허세야?!"

"당연하잖아."

태연하게 대답하는 리제르 선배의 대담함에 진심으로 감복했다. 그리고 만약 그 때 공격을 당했더라면…… 하는 생각을 하니 새삼스레 식은땀이 났다.

"하지만 이비자의 고유마법에 대해서는 어느 정도 상상이 돼. 분명 세뇌, 암시와 같은 종류의 정신 공격일 거야."

미야비가 손뼉을 딱 쳤다.

"그렇구나! 그래서 마키도 레베카도 갑자기 사람이 바뀐 거구나!"

"하지만 마법진도, 마법 자체의 모습도 보이지 않아. 그게 성가시지."

번번이 느껴지는 뱀 같은 섬뜩한 기척…… 그게 녀석의 정신 공격의 기척인가.

하지만 그렇다고 하면 조금 이상한 부분이 있다.

"리제르 선배. 이비자와 대치했을 때, 그 녀석은 제가 아니라 미야비에게 고유마법을 쓰려고 한 것 같아요."

미야비가 끼어들 듯이 몸을 앞으로 내밀었다.

"그건 날 노리고 있어서 그런 거 아냐?"

"그렇지만 녀석의 고유마법이 세뇌라면 방해하는 날 먼저 세뇌하는 편이 빠르지 않나 싶어서."

"그런가…… 그러고 보니, 음~……."

"그렇구나…… 그렇다면."

리제르 선배의 눈이 슥 가늘어졌다.

"뭔가 안 되는 이유가 있었던 걸지도 모르겠네."

만약 그렇다면……?!

"그건 이비자에게 이길 수 있는 실마리가 되지 않을까요?!"

"하지만 어려울 것 같네…… 우연히 어떤 조건이 갖춰지지 않았던 건지, 아니면 그냥 변덕이었는지…… 인간인 유우토를 상대로는 고유마법을 쓸 필요도 없다고 생각했을 뿐일지도 몰라."

확실히…….

"죄송해요. 너무 섣부른 판단을 했네요."

"아냐, 가능성 중 하나로서는 있을 수 있다고 생각해. 적극적으로 탐색하는 건 어렵지만 이비자가 공격해올 때 뭔가 단서를 남길지도 몰라. 그걸 놓치지 않도록 유의하자."

나와 미야비는 고개를 끄덕였다.

"이비자의 고유마법이 정신공격이라면, 현재 우리에게는 유효한 대항 수단은 없어. 당분간은 거리를 두고 가능한 한 싸움은 피하자. 그동안 유우토는 특훈을 계속해. 마력량의 상한을 올려서 강력한 마법을 익히는 것. 그게 선결 과제야."

"강력한 마법이라……."

다음 단계는 화염이나 얼음, 폭발 계열의 상급 마법. 확실히 위력은 세지만, 이비자에게 통할까?

하지만 이비자도 상급 화염 마법 '파이드제논'을 평범하게 쓰고 있었다. 녀석의 고유마법의 정체가 확실하게 밝혀지지 않는 이상, 그 이외의 부분에서 똑같은 수준까지 올라서야 한다.

갑자기 미야비가 의욕이 충만해서 주먹을 치켜들었다.

"그럼! 나도 유우가오제 가의 궁극 오의를 착착 익힐게!!"

"궁극 오의? 그게 뭐야?"

미야비가 의성어로 가득한 설명을 하자, 리제르 선배는 유감스러운 한숨을 내쉬었다.

"뭐야 그 리액션은?! 쿵~!"

"하지만 효과도 모르고, 습득 방법도 모르는 걸 어쩌겠다는 거야?"

"으윽, 그건…… 으그그그."

앓는 소리를 내던 미야비가 바닥에 벌렁 드러누웠다. 팬티가 다 보이는데.

"미야비, 버릇없어."

어김없이 선배의 지적이 바로 들어왔다.

하지만 미야비는 시체처럼 그대로 누워있었다.

"아~…… 여름방학 합숙에서 마스터할 예정이었는데…… 이젠 못 가겠구나."

"갑자기 왜 그러는 거야?"

"레이나는 아니지만, 이제 우리 집에는 그럴 여유도 없는걸."

리제르 선배는 하아 하고 한숨을 쉬었다.

"그러니까 여비는 내가 대겠다고 몇 번이나 말했잖아."

"아, 그런가…… 하지만."

리제르 선배는 침울해하는 미야비를 가만히 바라봤다.

"……단, 그전까지 미츠이시 이비자를 쓰러뜨릴 것. 이게 조건이야."

미야비가 몸을 벌떡 일으켰다.

"쓰러뜨리…… 다니."

"지금은 이길 수 없다고 했지만, 영원히 이길 수 없다고는 안했어."

"그, 그런가…… 그렇지."

"솔직히 빼앗긴 것을 되찾는 건 무리일지도 몰라. 하지만 당하기만 하고 그냥 넘어갈 수는 없어. 빼앗긴 것과 똑같은 만큼의 고통을 줘."

"……그렇지!"

미야비의 눈동자에 빛이 돌아왔다.

"선배! 저도, 저도 할게요! 그 이비자라는 놈을 혼내주겠어요!"

미야비가 기쁜 표정으로 날 올려다봤다.

"유우토……."

"기대할게. 그러니까 아까도 말했듯이 마력량의 상한을 올려서 강력한 마법을 익혀야 해."

"……네."

나도 모르게 무릎을 꿇고 앉고 싶다는 기분이 들었다.

"그건 그렇고……."

리제르 선배는 방을 둘러보더니 책장 부근을 눈여겨봤다.

"전에 왔을 때도 신경 쓰였는데, 유우토의 책장에는 만화가 많구나."

우와! 지적받았어!!

"어, 그러니까…… 부모님의 영향을 받았고, 특히 히어로물 같은 건 어릴 때부터 좋아했는데."

미소녀물도 그럭저럭 있다는 건 말하지 말자.

"흐음…… 히어로를 동경했어?"

"그야 뭐, 남자애라면 동경한 적이 없는 녀석은 없을 거라고 생각하는데요……."

나는 다시 책장에 늘어서 있는 만화책의 책등과 블루레이 패키지를 바라봤다.

"하지만 나이를 먹으면 세상은 단순하게 선악으로 나눌 수 없다는 것도 알게 되고, 유치하다는 생각을 하게 되는데……."

"그래서?"

리제르 선배가 부드러운 눈길로 그 뒤의 말을 재촉했다.

"그러니까…… 역시 이상론이라는 생각은 해요. 하지만 이상은…… 누구나가 그렇게 되면 좋겠다고 생각하니까 이상이지 않을까요. 그래서 이상대로 되는 게 제일이라고 생각해요."

"단순하게 선악으로 나눌 수 없는 세상이라도?"

그건――,

"……네. 역시 히어로 같은 존재는 동경해요."

"히어로의 어떤 점을 가장 동경해?"

"강하다거나 멋지다거나 여러 이유가 있지만…… 역시 정의의 상징이기 때문일까요……."

"정의의 상징……."

리제르 선배는 내가 한 말을 입속으로 되뇌며 뭔가를 골똘히 생각했다.

"유우토의 정의는 뭐야?"

나의, 정의?

깊이 생각해본 적이 없었다.

나는 막연한 그 말에 어떤 사명을 부여하게 될까.

"죄송해요. 지금까지 제대로 생각해본 적이 없어요……."

"그래."

정의란 뭐지?

나쁜 녀석을 쓰러뜨리는 것?

그럼, 악이란 뭐지?

현실에선 대부분의 경우, 단순한 이해의 불일치다.

그래서 자신이 정의이고 상대가 악이 된다.

하지만 그건 이상적인 정의와는 다르다.

나는 어떻게 생각하지?

어렸던 그 날.

말로 잘 표현할 수 없었던 그때의 감각을 말로 표현한다면——,

"사랑과…… 신뢰, 이지 않을까요……."

"……사랑과 신뢰."

리제르 선배는 내 말을 되뇌었다.

"그건——."

선배가 뭔가를 물어보려고 했을 때,

"밥 다 됐어~! 내려오렴!"

마침 1층에서 어머니가 부르는 소리가 들렸다.

뭔가 갑자기 현실로 끌려온 듯한 기분이 들었다.

리제르 선배는 빙긋 웃으며,

"갈까."

"기다리고 있었습니다! 밥~ 밥♪"

미야비가 벌떡 일어났다.

"어, 음…… 그, 그렇네요. 아래로 내려가요."

나, 뭔가…… 무심코 뜨거워졌다고 해야 할까, 낯간지러운 말을 한 것 같다!

부끄러워!

그런 부끄러운 마음을 어찌할 줄 몰라 곤란해하면서 거실로 내려갔다.

거실에는 다른 방에서 가져온 의자가 추가된 테이블이 있었다. 그 위에는 좋은 냄새가 나는 카레라이스 6인분이 있었다.

"냄새가 정말 좋네…… 평소엔 별로 먹을 기회가 없으니까 기뻐."

"으으으, 더는 못 버텨~! 빨리 먹고 싶어!!"

앞치마를 한 레이나가 아까와는 전혀 다르게 웃는 얼굴로 물과 오복채를 쟁반에 담아 가져왔다.

"이걸로 다 옮겼어요, 예요."

"고마워~♪ 레이나도 얼른 앉아."

부엌에서 어머니가 오고 모두가 자리에 앉으니, '잘 먹겠습니다' 하는 목소리와 함께 저녁 식사가 시작되었다.

항상 먹는 카레인데, 오늘은 맛이 조금 다르게 느껴졌다. 다같이 먹어서인지 더 맛있다고 해야 할까, 즐거웠다.

하지만 미야비가 체육대회 이야기를 해버려서,

"뭐어?! 몰랐어! 너무해 유우! 보러 가고 싶어!!"

라며 어머니가 떼를 쓰기 시작해서 굉장히 곤란했다.

◇ ◇ ◇

그로부터 며칠 뒤부터 체육대회 연습이 시작되었다.

오후 수업은 취소. 전교 학생을 체육복으로 갈아입히고 교정에서 당일의 예행연습. 그 뒤는 자유 연습 시간으로 할당되었다.

나는 전체적인 연습이 끝나고 교정을 바라봤다.

코스 저편에 특설 스탠드 등의 건설이 시작되었다. 보통 고등학교의 체육대회와는 규모가 확연히 달랐다.

"교장이 갑자기 생각해낸 것 치고는 준비에 상당히 기합이 들어갔네."

옆에 있는 미야비에게 그렇게 말을 하니 어리둥절한 얼굴로 대답했다.

"아니 아니, 매년 하고 있는데? 다만 시기가 갑작스러웠을 뿐이지."

"그런 건가……."

역시 대충대충 하는구나, 저 교장.

그건 그렇고, 나도 미야비도 체육복을 입고 있다. 그래서 눈을 어디에 둬야 할지 당황스러웠다.

새삼스럽지만 마왕학원의 여자 체육복은……,

——사실 블루머인 것이다!!

포동포동한 엉덩이를 터질 듯한 빨간 블루머가 감싸고 있었다. 하반신을 피해서 시선을 올리면, 이번에는 로켓처럼 튀어나온 가슴이 눈에 들어왔다.

위에 입는 운동복도 안 걸치고 있어서 신축성 있는 하얀 셔츠는 미야비의 폭유를 마음껏 드러내고 있었다.

"응? 왜 그래 유우토. 얼굴이 빨간데?"

"아, 아냐…… 그보다 리제르 선배의 집은 어때?"

"응. 쾌적해. 하지만……."

당연히 자신의 집이 더 좋을 것이다. 하지만……,

미야비는 활짝 웃었다.

"아니! 역시 히메가미 가야! 반짝반짝하고 빠밤~ 이라는 느낌!"

리제르 선배와도 상담을 했는데, 현 상황에서는 유우가오제 가의 저택도 영지도 완전히 미츠이시 가의 것이 되어서 되찾는 것이 무리라고 한다.

하지만 어떻게든 해주고 싶었다. 이대로라면 미야비도, 미야코 씨도, 유우가오제 가 사람들 모두가 불쌍하다.

"유우토, 미야비."

"아, 리제르 선배?!"

체육복을 입은 리제르 선배가 교정을 뛰어왔다. 참고로 선배의 블루머의 색깔은 짙은 청색이었다. 이거, 다들 자기가 좋아하는 색을 고른 건가?

"팀이 정해졌어."

그렇게 말하며 보여준 종이에는,

'A · C반이 적, B · D반이 백, 이런 형태로 이후의 학급도 번갈아 가며 적백으로 나뉜다. 단, 마왕 후보의 카드는 각 마왕 후보가 소속된 팀에 소속된다.'

그리고,

백팀 '러버즈' '스타' '채리엇'

적팀 '저지먼트' '행드맨' '데빌'

이라고 적혀있었다.

"그렇다는 건, 리제르 선배는 저와 같은 백팀이네요!"

"오! 그럼 우리 모두 같은 팀이잖아!"

"그렇네. 같이 열심히 해보자."

"네!"

이런, 왠지 갑자기 체육대회가 즐거워지기 시작했다!

"그래, 열심히 해봐. 이 몸도 같은 팀이니까!★"

──그 목소리는,

뒤돌아보니 체육복을 입은 호시가오카 스텔라가 서 있었다.

게다가 하얀 블루머.

그리고 윗옷의 기장은 묘하게 짧아 배꼽이 드러나 있다. 이건 팬들이 군침을 흘릴만한 모습이 아닐까?

그보다 팬이 아니더라도 시선을 빼앗긴다.

"어머나, 리제르? 너네 마왕 후보가 내 매력에 헤롱헤롱한 것 같은데 괜찮은 거야?"

뒤돌아보니 리제르 선배가 눈을 반쯤 뜨고 째려보고 있었다.

"아, 아니에요, 리제르 선배! 전——."

선배는 변명이 안 들린다는 듯이 내 옆을 지나 스텔라 앞에 섰다.

"스텔라. 또 참견하러 온 거야?"

"이비자랑 한 판 했다며. 뭐 도와줄 일은 없어?"

"너하고는 상관없는 일이야."

"매정하네. 뭐, 체육대회 기간쯤은 재밌게 해보자. 같은 조가 된 인연으로 리제르의 협력을 받을 일도 있을 것 같으니까."

"내가……? 뭘?"

"그건 아직 비밀★"

별이 튈 것 같은 윙크를 하고 싱긋 미소 지었다. 남자를 홀리는 미소다.

"그보다 유우토도 시찰해두는 편이 좋을 텐데? 돋보이는 학생한테는 금방 다른 마왕 후보의 손길이 뻗치니까."

"시찰……?"

다시 교정을 바라보니, 많은 학생들이 각종 경기의 연습에 매진하고 있었다.

트랙을 달리는 학생, 멀리뛰기, 높이뛰기, 그리고 2인1조로 서로에게 마법을 쓰고 있는 학생. 거기에 더해 더미 마물과 싸우고 있는 학생까지 있었다—— 어라?

"체육대회 연습인데, 왜 싸우고 있는 거야?"

리제르 선배가 날 돌아봤다.

"마왕학원의 체육대회는 기본적으로 인간의 체육대회와 같아. 하지만 경기에 마법과 전투 요소가 더해져 있어. 예를 들어서 릴레이는 평범하게 달리기만 하는 게 아니라 마법을 써도 좋다던가, 장애물 경주는 허들이 아니라 더미 마물이 장애물로 설정되거나 하지."

"그, 그렇구나…… 역시 마왕학원. 그런데 다들 이상하게 기합이 들어가 있네요."

스텔라는 '무슨 당연한 소리를 하는 거냐'고 말하고 싶은 듯한 눈빛으로 봤다.

"그야 그렇지. 체육대회는 마왕 후보의 눈에 들 좋은 기회니까. 아직 카드로 선택받지 못한 학생들이 어필하기에 딱 좋은 이벤트야."

카드인가…… 확실히 교장도 마왕대전에서는 어떤 카드를 모으느냐가 중요하다고 말했었지. 마왕 후보 이외의 학생은 유력 후보의 카드가 되고 싶어 한다고 말하기도 했고.

조금 떨어진 곳에 금발에 갈색 피부를 가진 여자아이가 여러 학생에게 둘러싸여 있었다.

"네이트·카르낙 님! 전 화염 마법이 특기입니다! 반드시 힘이 되겠습니다! 부디 절 카드로 삼아주십시오!!"

"저런 녀석보다 저를 써주세요! 고속이동이 특기예요! 일상적인 잡일도 빠르게 처리할 수 있어요! 하녀로도 쓸 수 있어요!!"

네이트 본인은 카드 후보 학생들의 압력에 밀려 눈물이 그렁그렁한 눈으로 뒷걸음질 치고 있었다.

"다, 다들…… 진정해, 나, 나 같은 것보다, 다른 후보를……."

"아뇨! 네이트 님이 좋습니다! 숨겨진 실력! 그리고 무엇보다도 상냥하니까요!"

"아으으으……."

당장이라도 눈물을 흘릴 것만 같은 마왕 후보. 조금 딱하지만 괴롭힘 당하고 있는 것도 아니니 끼어드는 것도 눈치 없는 짓이다.

"네이트는 의외로 인기가 많구나."

문득 그렇게 중얼거리니, 스텔라는 불쾌하다는 듯이 날 노려봤다.

"뭐? 나보다 네이트가 인기가 있다는 말이라도 하고 싶은 거야?"

"아냐 아냐! 아니라고. 아무도 그런 말은 안 했잖아?"

역시 연예인이다. 인기에는 민감한가.

그건 그렇고 화난 얼굴이 무섭다. 뭔가 다른 얘기를 해서 관심을 돌리자.

"어…… 스텔라는 누군가 점찍어둔 학생은 있어?"

"나? 설마. 내가 먼저 부탁하는 상대는 없어."

그렇게 말하면서 리제르 선배에게 시선을 보냈다.

"뭐, 예외는 있지만★"

리제르 선배는 성가시다는 듯이 한숨을 쉬었다.

"스텔라. 몇 번이나 말하지만, 난——."

"리제르가 마왕 후보가 되지 않은 건, 우리에겐 낭보야. 그도 그렇게 최강 클래스의 카드가 갑자기 나타난 거나 마찬가지니까. 당연히 모두가 탐내겠지?"

리제르 선배는 포기한 것처럼 다시 한번 한숨을 쉬었다. 그런 선배를 보고 스텔라는 흥 하고 코웃음 쳤다.

"뭐★ 그건 그렇다 치고…… 그렇네, 추천이라……."

스텔라가 학생을 물색하듯이 바라보고 있으니,

"우오오오오오오오오오오오오오오오오오오오오!!"

굉장히 우렁찬 소리를 지르며 이쪽으로 달려오는 남자가 있었다. 가까이 다가오니…… 뭔가 축척이 잘못됐다는 느낌이 들었다. 그 녀석은 그 정도로 거대했다.

"'스타'의 마왕 후보 스텔라 님!! 전 2학년 F반 기가라·알베르트! 앞으로 기억해 주십시오오!!"

진짜 거대하다. 키는 확실히 2미터 이상이다. 그리고 폭도 넓다. 머리보다 목이 두껍고, 전신의 근육이 비정상적으로 발달하여 마치 바위와 같았다. 그리고 머리에는 뿔을 도중에 자른 듯한 두 개의 흔적이 있었다.

보통 마족으로는 안 보이지만, 마물도 아니었다.

어떤 사람인지 생각하며 보고 있으니, 리제르 선배가 귓가에 대고 살짝 가르쳐줬다.

"쟤도 마족이야. 다만, 우리 같은 순혈종이 아니라 혼혈종이야."

"혼혈, 말인가요?"

"그래. 마족은 피에 따라서 능력이 계승돼. 강한 혈통을 끌어들여서 더 강한 마족이 되어가는 거지. 그래서 고안된 게 마물의 피의 도입이야."

그렇다는 것은 이 고개를 들어 올려다봐야 하는 거한에게는 마물의 피가 섞여 있다는 것인가.

"쟤는 분명 오우거나 거인 계통의 마물의 피를 받아들인 일족의 후예일 거야."

그렇구나…… 확실히 찌부러진 코와 약간 뾰족한 귀, 그리고 엄니가 튀어나와 있는 걸 보니 그럴듯했다. 무엇보다도 뿔을 자른 흔적이 남아있으니.

"먼저 제힘을 봐주십시오!"

기가라는 온몸에 힘을 줬다.

상반신이 펌핑되어 특대 사이즈의 체육복이 찢어졌다.

부풀어 오른 근육 표면에 마술식이 나타났다.

"'블러드 · 아이언'!!"

주먹을 들어 올려 땅을 세차게 내리쳤다.

그 순간, 발아래에 진동이 일어나 지축을 흔들었다.

인간의 몸통보다 두꺼운 기가라의 팔이 지면에 박히고 땅에 간 금이 퍼져서——,

그리고 지면이 폭발했다.

"우와아아아아아아아아아아아아아?!"

교정의 흙이 파편이 되어 높이 떠올랐다. 그리고 격렬한 폭풍이 덮쳐서 몸이 날아갈 것만 같았다.

충격파가 지나가니 거기에는——,

뭐야 이거…….

하늘에서 흙의 파편이 내리는 가운데 크레이터가 생겨나 있었다. 마치 지하 폭발 실험이나 운석이 떨어진 흔적 같았다.

"어떻습니까?! 저희 일족에 전해지는 혈족마법 '블러드·아이언'의 힘! 그리고 저의 강인한 육체는 어떠한 공격에도 끄떡도하지 않습니다! 물리 공격뿐만이 아닙니다. 마법 방어도 완벽! 스텔라 님의 방패가 되겠습니다!!"

기가라는 자신의 근육을 과시하며 스텔라에게 어필했지만, 별로 안 꽂히는 모양이었다.

"아~ 미안해. 우리 방향성이랑은 좀 달라. 다른 곳을 찾아봐줄래?"

"그, 그렇습니까…….."

기가라는 어깨를 축 늘어뜨리더니 다음으로 나에게 시선을 돌렸다.

스텔라는 그렇게 말하긴 했지만, 확실히 파워는 대단했다. 검토해도 괜찮을지도 모르겠다고—— 생각하고 있으니,

"뭐야. '러버즈'인가."

"어?"

업신여기는 눈으로 나를 보더니 한껏 깔보는 말을 내뱉었다.

"약소 '러버즈' 따위에게 볼일은 없다. 더군다나 인간 따위가…….."

"뭐…….."

항변하려고 했을 때, 또 새로운 학생이 끼어들어 왔다.

"호시가오카 스텔라 님! 그럼, 먀~는 어떻먀?"

먀?

그 여자아이에게는 고양이 귀와 꼬리가 나있었다.

고양이 귀 소녀?! 실존하고 있었나!!

갈색 머리칼에 희끄무레한 포인트 컬러가 들어가 갈색 얼룩 고양이를 의인화하면 이렇게 된다는 느낌을 주는 소녀였다. 블루머는 비키니처럼 사이즈가 작았고 줄무늬였다. 엉덩이가 반쯤 보일 듯한 건 꼬리를 빼기 위함인 것 같다.

"먀~는 네코베 먀~라고 해먀. 선더 타이거의 핏줄을 이어받았먀. 전격마법과 펀치와 응석 부리는 게 특기다냐."

……특기?

당연히 일축할 줄 알았지만, 스텔라는 팔짱을 끼고 앓는 소리를 내고 있었다.

"음~…… 뭐, 귀여우니까 됐나."

그런 기준이었어?!

"다음 주에 있는 오디션에 와. 합격하면 다음 총선거에 내보내 줄게. 상위에 들면 카드가 되는 거야."

"우와~! 열심히 할게먀!!"

"……오디션? 총선거?"

나는 스텔라가 하는 이야기를 전혀 이해할 수 없었다.

"아아, 우리는 전투력은 별로 중시하지 않아. 필요한 건 내 스테이지의 분위기를 띄워줄 멤버지."

"그렇먀! 스텔라 님의 카드가 될 수 있다는 것은 스타가 될 수 있다는 것이먀!"

그거 완전히 아이돌 그룹이잖아.

"괜찮은 거냐…… 그걸로?"

"아하하, 괜찮아~ 괜찮아~. 싸우는 건 나 혼자서도 충분하니까★"

아름다운 눈동자에 별이 반짝하고 빛났다.

괴물이라 불리는 스텔라, 그 실력은 아직 직접 본 적 없다. 어쩌면 이 체육대회에서 그 편린을 엿볼 수 있을지도 모른다.

기가라가 거구를 흔들며 다시 스텔라에게 다가왔다.

"연예라면, 저도 액션 스타로 가는 게 어떻습니까?!"

"아~ 그러니까 땀내 나는 건 필요 없어. 그보다 남자는 NG."

"그럼 너, 내 카드가 되는 건 어때?"

이 목소리?!

마키와 레베카를 좌우에 거느리고 찾아온 것은 얄팍한 미소를 지은 사람.

──미츠이시 이비자!!

"다, 당신은 '데빌'의 마왕 후보……."

기가라는 제대로 된 마족인 마왕 후보에게 권유를 받았는데도 얼굴이 굳었다.

"자자자! 말해버리자고, 카드가 된다고! 마침 너 같은 파워 파이터를 찾고 있었다구!"

하지만 기가라는 이비자를 두려워하는 것처럼 뒷걸음질 쳤다.

그만한 힘을 보여준 기가라가 얼굴이 창백해져 덜덜 떨고 있었다.

"저, 저는, 이비자 님의 카드로는 적합하지 않을 것이라……."

"그렇지 않아! 괜찮다니깐!"

"하…… 하지만, 그…… 굉장히 실례되는 말이지만…… 이비자 님의 카드는 소식이 끊기는 경우가 많다고……."

"음~, 그건 우연이야. 불행한 운명! 하지만 너라면 괜찮을 거야!"

하지만 기가라는 당장이라도 도망칠 것 같았다. 그 모습을 보니, 우리 이외의 학생들도 이비자를 두려워한다는 것을 알 수 있었다.

하지만 소식이 끊기다니…… 무슨 소리지?

이비자는 귀찮다는 듯이 앞머리를 쓸어 올렸다.

"아, 마침 지금 인수자도 왔으니…… 그럼, 그렇게 알라고."

그 순간, 눈동자가 빨갛게 빛난 것처럼 보였다.

뱀이 꿈틀거리는 듯한 감각에 등줄기가 오싹해졌다.

다음 순간, 기가라의 얼굴이 활짝 웃는 표정으로 바뀌었다.

"넵!! 영광입니다! 부디 저를 이비자 님의 카드에 더해주십시오!!"

"뭐……."

태도가 싹 바뀌는 걸 보고 나도 모르게 말문이 막혔다.

설마, 이 녀석…… 방금 막 이비자의 고유마법에 걸린 건가?!

하지만 이변은 그것만으로 끝나지 않았다.

이비자의 오른편에 있던 마키가 이상하다는 얼굴로 주위를 둘러보고 있었다. 이윽고 그 얼굴은 불안으로, 그리고 공포로 파랗게 질려갔다.

"어, 어라?…… 나……."

이비자는 마키의 어깨에서 손을 뗐다.

"마침 널 마중할 사람도 온 것 같아. 헤어지기 아쉽지만, 잘 지내!"

"뭐, 뭐? 저, 저기, 잠깐만──."

그때 마키의 발아래에 검은 얼룩이 퍼졌다. 마치 지옥의 어둠이 입을 연 듯한 검은 얼룩에서 기분 나쁜 팔이 뻗어 나와 마키의 발목을 잡았다.

"아니, 저기──."

공포에 얼굴이 굳었다, 고 생각한 다음 순간── 마키가 검은 어둠 속으로 사라졌다.

순식간에 끌려들어 갔다.

검은 늪 같은 얼룩은 삽시간에 작아지더니 사라졌다.

"뭐야…… 지금 건."

미야비가 입술을 깨물고 원망스러운 목소리로 중얼거렸다.

"저건…… 강제로 마계로 끌려간 거야."

"마계로?"

스텔라와 리제르 선배도 험악한 얼굴로 마키가 사라진 곳 부근을 쳐다보고 있었다.

"그것도 평범한 귀환이 아니야. 걔 뭐 나쁜 짓이라도 했어?"

"그래. 마치 죄인을 다루는 것 같았어."

미야비는 분하다는 듯이 주먹을 꽉 쥐었다.

"노예로 팔린 거야…… 기한이 와서, 강제로 연행됐어……."

분위기를 전혀 파악하지 않는 이비자의 경박한 목소리가 울렸다.

"자 기가라! 저 '러버즈'의 마왕 후보를 비틀어줘! 네 힘을 보여줘! 그리고 저 유우가오제에게도 보여주는 거야! 물리 공격으로는 너에게 당해낼 수 없다는 걸!"

"저 자식……."

미야비의 어금니가 빠득빠득 소리를 냈다.

뛰쳐나가려고 한 미야비의 어깨를 눌렀다.

"미야비, 지명받은 건 나야."

"그치만!"

"물러나, 미야비."

리제르 선배가 나무라자 미야비는 어깨를 축 늘어뜨렸다.

"걱정하지 마, 미야비. 이비자에게 우리의 힘을 보여주겠어."

"오옷! 좋네! 그거 최고야! 인간의 진정한 힘, 엄~청 보고 싶은데!"

나는 멋대로 이야기에 끼어드는 이비자를 손가락으로 가리켰다.

"이비자! 어떤 고유마법인지는 모르겠지만, 사람의 의지를 무시하고 조종하는 네놈의 방식은 용서할 수 없다! 언젠가 반드시 널 쓰러뜨리겠다!"

"어이쿠~, 잠깐 잠깐! 그건 아냐, 아니거든."

"뭐?"

"난 무엇 하나 강제로 시키거나 하지 않았어. 마키도 레베카도, 기가라도 모두 스스로 원해서 날 위해 일해주고 있어. 어째서라고 생각해?"

스스로 원해서…… 라고?

바보 같은 소리. 그런 일은 있을 수가 없다. 속지 마라.

"모르겠으면 가르쳐줄게. 그건 말이지…… 사랑—— 이라고."

"……사랑?"

"맞아! 사랑이야! 이 세상은 사랑으로 움직이고 있어!! 참 멋지지!"

"너…… 진심으로 하는 말이냐?"

"당연하지! 그야 다들 날 엄~청 사랑해주니까 날 위해서 몸을 던져주잖아. 그래서 나도 모두를 사랑하고 있어! 뭐 잡담은 이쯤 하고~ 빨리 보여줘! 인간의 진정한 힘!!"

끝까지 까불 셈인가…….

화가 난다. 하지만 지금 싸울 상대는 녀석이 아니다.

난 앞으로 나아가 기가라 앞에 섰다.

이렇게 가까이에서 보니 더 크게 느껴졌다. 뭐랄까, 공간을 차지하는 몸의 부피가 비정상적이다. 곰도 이렇게까지 크지는 않지 않을까 하고 생각했다.

나는 목에 건 아르카나에게 말을 걸었다.

"저 녀석은 얼마나 강해?"

'해석…… 위험지수 5. 충분한 주의가 필요.'

그런가. 하이다보다는 위지만 아스피테와 비교하면 상당히 뒤떨어진다.

'조언. 물리적인 공격력, 방어력이 지극히 높은 것으로 추측. 원거리 마법 공격을 권장'

"알았어. 고마워, '러버즈'."

"뭘 혼자서 좋알대는 거냐! 한 방에 죽어라!!"

기가라의 암석 같은 주먹이 덮쳐왔다.

"'바리카데'!!"

방어마법을 전개하여 기가라의 주먹을 받아냈다. 하지만――.

"으억?!"

갑자기 들이받힌 듯한 충격. 몸이 공중에 떠서 몇 미터 뒤로 날아갔다.

뒤로 착지해서 어떻게든 쓰러지지 않고 기가라를 똑바로 바라봤다.

이 무슨 완력인가…… '바리카데'까지 통째로 뒤로 날려버렸다!

"흐하하하하! 그런 방패로 언제까지 버틸 수 있을까?!"

기가라는 자신만만하게 웃으며 천천히 다가왔다.

이 녀석은 아르카나가 권장한 대로 철저하게 원거리 마법으로 공격해야 한다.

난 마술식을 구성하고 기가라를 향해 오른손을 내밀었다.

나타난 마법진을 보고 기가라는 멈춰 서서 씨익 웃었다.

"마법인가, 좋다! 튕겨내주마!! '블러드 · 아이언'!!"

팔을 가슴 앞에 모아 전신의 근육에 마력을 순환시켰다. 그것은 나나 미야비가 구사하는 체술과는 약간 달랐다.

그런가.

저 녀석은 저 육체 그 자체가 무기구나.

단순한 근력만으로는 저런 공격력을 내는 건 불가능하다. 저 위력은 즉 마법.

몸에 새겨진 마술식, 그 마술식에 마력을 순환시켜서 저런 파괴력을 만들어내고 있다.

"'파이자드'!!"

내 마법진에서 불길이 일었다.

아스피테와 싸웠을 때보다 파워업한 불꽃이 기가라를 정면으로 덮쳤다.

하지만 기가라는 중급 마법의 업화를 예고한대로 방어 마법을 펼치지 않고 받아냈다.

"흐하하하하하하! 봤느냐, 내 육체에 새겨진 선조에게서 물려받은 마술식을!!"

"젠장! 그럼 이건 어떠냐?!"

이번에는 얼음 계열의 중급 마법.

"'브리자이어'!!"

솟구치는 냉기가 기가라의 몸을 얼렸다.

얼음은 점점 성장하여 기가라를 두꺼운 얼음의 벽에 가뒀다.

"좋아! 됐ーー."

"으아아아아아아아아아아아아아아아아아아!!"

얼음이 산산조각 났다.

"아니?!"

기가라는 용암 같은 육체에서 김을 뿜으며 씨익 웃고 있었다.

기합과 함께 얼음을 부술 줄이야…… 어처구니없는 파워다.

기가라는 우쭐거리면서 몸에 붙은 얼음을 털어냈다.

"흥, 어차피 이 정도인가. 너희 '러버즈' 따위, 볼만한 것이 있다고 한다면 히메가미 리제르밖에 없지 않은가!"

"뭐라고?! 확실히 리제르 선배는 굉장한 사람이야! 하지만 미야비도 레이나도 굉장하다고! 모두 최고의 카드야!"

기가라는 말 그대로 배를 잡고 웃었다.

"어디가 말이냐?! 레이나 따위는 모른다! 미야비는 거기 있는 유우가오제지? 성적은 최하위 클래스고 마법 처리능력도 낮다고 들었다."

미야비도 바로 욱해서 조건반사적으로 반박했다.

"너한테 그런 말을 들을 이유는 없거든!"

"네놈이 유일하게 잘하는 게 육탄전이라는 말을 들은 적이 있는데, 그렇다면 나와 싸우겠나?"

"으…….'

"할 수 있을 리가 없지. 내 몸은 육탄전을 위해 조상 대대로 만들어온 것이다. 그런 약한 몸으로는 같은 마법을 써도 실력은 하늘과 땅 차이다."

이 녀석, 확실하게 이길 수 있을 거라 보고 마음대로 지껄여대다니!

"아니면 유우가오제 가의 혈족마법이 비장의 수단인가? 어느쪽이 위인지 이 몸의 '블러드·아이언'과 승부하자. 어디 보여봐라."

"그건……."

미야비는 아직 그 마법을 익히지 못했다. 보여주고 싶어도 보여줄 수 없다.

"왜 그러나? 설마 못 하는 거냐?! 피를 이어받았다면 할 수 있을 거다! 그런 것조차 못 하다니, 무능하기 짝이 없군!! 이게 정말로 귀족의 딸인가?!"

미야비는 분노를 쏟을 곳이 없어 주먹을 꽉 쥐고 눈물을 글썽였다.

──미야비.

미야비는 고개를 숙였다. 그 발치에 물방울이 똑 떨어졌다.

"……왜, 이런 녀석한테, 이런 말을 들어야만, 하는 거야……."

미야비가 어깨를 떨며 울고 있었다.

"젠장…… 내가, 머리가 좀 더 좋고, 강했다면……."

기가라는 그 모습을 보고 더욱 기분 좋게 웃었다.

"흐하하하하하! 울었다고?! 이거 기가 막히는 추태로군! 하하하하하하!!"

이 자식!!

"유우토."

"선배……."

뒤돌아보니 리제르 선배가 날 바라보고 있었다. 표정은 없었지만, 그 눈에는 뚜렷한 분노가 불타고 있었다.

하지만 그건 한순간.

눈을 깜빡이니 온화한 미소로 바뀌었다. 무서울 정도의.

"진심으로 해도 좋아."

"……알겠습니다."

나도 분노의 불꽃을 품고 문득 온화한 미소를 띠었다.

"하지만 그 전에."

리제르 선배에게 다가가 태연하게 가슴을 만졌다.

"필요 없을지도 모르지만, 만약을 위해서 보급해두고 싶어서요."

닿은 손바닥을 통해 리제르 선배의 고귀하고 격조 높은 마력이 흘러들어왔다.

살짝 놀란 표정을 지었지만, 선배는 금방 미소 지었다.

"실전에 강하구나. 연습에선 그렇게나 애먹었으면서."

"선배가 지금 가르쳐 줬잖아요. 진정하고 마음을 평온하게 전환하라고. 그리고──."

"긴장감과 주의력도 유지할 것."

그렇게 말하고 리제르 선배는 뒤로 뛰었고, 나도 옆으로 쓰러지듯이 굴렀다.

아까 전까지 서 있던 곳에 기가라의 주먹이 박혔다.

"이, 이 자식이이이이이! 히, 히메가미 리제르의, 가, 가, 가슴……을?! 마, 만져, 당연하다는 듯이 만지고 자빠졌어어어어어어어어!!"

기가라는 얼굴을 새빨갛게 붉히며 이를 갈았다.

"용서할 수 없다! 네놈을 쳐 죽이고, 나도 만질 거다!"

"그건 무리지."

난 울상을 짓고 있는 미야비를 보고,

"넌 내가 날려버린다. 미야비가 가르쳐준 기술로 말이다!!"

"유우토……?"

난 '알마드' '맥시마이즈' '스트라이드'를 병렬 기동했다.

기가라는 내 마법을 느꼈는지 고개를 갸웃했다.

"음? 기본적인 마법인데…… 그걸로 뭘 어쩌겠다는 거냐?"

"이것이 미야비의 기술이다. 이걸로 널 쓰러뜨린다."

기가라가 굳었다. 그리고,

"푸와하하하하하핫하하하하하!! 그런 건 기술도 뭣도 아니지!! 기본 중의 기본! 그런 걸로 기뻐하고 있을 줄이야! 역시 대단하구만 '러버즈'는!! 와하하하하하하!!"

내 안에서 미야비를 생각하는 마음이 커져갔다.

품은 고민을.

상처 입은 마음을.

가혹한 운명을.

간다, '러버즈' 아르카나.

──'인피니트 · 러버즈'!!

미야비를 생각하는 마음이 마력으로 변환되어 갔다.

변환된 마력의 양은 나의 용량을 아득히 뛰어넘었다. 그 방대한 마력이 기본적인 마술식에 흘러 들어갔다.

"뭐…… 뭐냐? 이 마력은……."

기가라가 표정을 굳히고 식은땀을 흘렸다.

"이 자식——."

그 뒤는 들을 수 없었다.

박찬 지면은 폭발을 일으켜 내 몸을 순식간에 기가라 앞으로 날렸다.

내 눈에는 기가라가 멈춘 것처럼 보였다.

완전히 무방비한 배에 때려 박는 것은 경도를 최강의 수준까지 높인 주먹.

내 팔이 '블러드 · 아이언'으로 강화된 기가라의 몸에 박혀 있었다.

모든 것을 튕겨내는 기가라의 몸에 금이 갔다.

피부가 찢어지고 혈관이 절단되고 근섬유가 파열되었다.

하지만 기가라에게는 그 사실을 깨달을 시간조차 없었다.

기가라의 몸은 교정의 지상 30센티 높이로 떠서, 똑바로 날아갔다. 살로 만들어진 대포알은 교정을 가로질러 교사의 벽에 처박혔다.

"……아."

하지만 자신에게 무슨 일이 일어났는지 아직 모를 것이다.

눈을 뒤집고 의식을 완전히 잃은 기가라는 책형을 받은 것처럼 벽에 박혀 있었다.

졌다는 사실을 깨닫는 것은 병원에서 의식을 되찾았을 때겠지.

그리고 기가라의 주인인 마왕 후보는——,

"오오~ 굉장해~!! 최고야! 완전 최고야!! 재밌는 걸 보여줘서 고마워~!! 이거 이거, 저 녀석을 산제물로 삼은 보람이 있었어."

이 자식! 언제까지 건방지게 굴 생각인 거냐!!

"이비자!!"

"어이쿠 무서워라. 싸움은 하지 말자구. 지금은 체육대회의 예행 연습 중이잖아. '러버즈'의 마왕 후보는 마왕 대전을 하기에 적절한 때와 장소를 생각해야지. 안 그래?"

즐겁다는 듯이 웃으며 나와 리제르 선배를 번갈아 가며 봤다.

"아무튼 난 체육대회가 끝날 때까지는 더 이상 뭘 할 생각은 없어! 진짜로! 진짜로 진심으로."

리제르 선배가 추궁하듯이 이비자를 노려봤다.

"그 말은 마왕 후보끼리 맺는 정식 조약으로 여겨도 될까?"

"좋아, 좋아, 그렇게 생각해도 돼! 그럼!"

레베카의 어깨를 안고 떠나갔다.

"저 자식……."

젠장, 아직 화가 풀리지 않아. 게다가……,

마키가 사라진 땅을 봤다. 거기에는 검은 얼룩 따위는 없고, 마키의 흔적도 없었다.

"아무래도 이비자는 우리의 실력을 알아보러 온 것 같아."

리제르 선배가 팔짱을 끼고 이비자의 뒷모습을 바라봤다.

"네…… 하지만 우리도 실마리를 조금은 찾아냈어요."

마키가 사라지기 직전. 뭔가 꿈에서 깨어난 듯한 어리둥절한 표정을 짓고 있었다. 그건 아마 이비자의 고유마법에서 해방된 순간이었을 것이다.

이비자는 왜 이 타이밍에 해방한 거지?

그리고 그와 동시에 기가라가 이비자에게 충성을 맹세했다. 마치 제정신으로 돌아가기 전의 마키처럼.

"혹시, 조종할 수 있는 인원수에 제한이 있다거나……."

"그럴 가능성은 높지."

나는 마키가 사라진 땅을 다시 한번 노려봤다.

"젠장…… 마계에 안 끌려갔으면 이야기를 자세히 들을 수 있었을 텐데……."

"쟤한테서 뭔가 들을 수 있을지도 몰라."

리제르 선배는 벽에 박힌 기가라를 가리켰다.

"만약 의식을 되찾는다면…… 말이지만."

……아.

거기까진 생각을 안 했다!!

"……죄송해요. 너무 심하게 했네요."

"괜찮아. 그보다, 미야비. 괜찮아?"

리제르 선배는 미야비의 어깨에 부드럽게 손을 올렸다.

"응. 괜찮아. 유우토…… 미안해. 나 때문에."

미야비가 고개 숙인 채로 작은 목소리로 중얼거렸다.

"사과할 필요는 전혀 없어."

무슨 말로 위로할지 생각하고 있으니,

"흐음~, 너흰 항상 그런 짓을 하는 거야?"

스텔라가 흥미진진하다는 듯이 눈동자의 별을 반짝이며 끼어들었다.

"어, 아니…… 방금 건 상대가 덤벼들어서——."

"아냐 아냐, 그게 아니라, 야한 거. 리제르의 가슴을 갑자기 주무른 거."

"……."

아앗?!

그러고 보니, 전교생이 거의 다 모여있었다!

나와 리제르 선배는 그제야 부끄러워져서 볼을 빨갛게 물들인 채로 남은 예행 연습을 했다.

◇ ◇ ◇

다음 날, 난 교장실에 호출당했다.

짚이는 데가 있다고 한다면, 어제 한 체육대회 연습에서 기가라를 날려버린 것 정도인데…….

그 일이 일어난 뒤 기가라는 바로 입원했다. 인간계에 있는 마족을 위해 운영하는 병원에 실려 갔다. 목숨에 지장은 없다고 하지만 당분간은 면회 사절이라고 한다.

따라서 이비자의 고유마법에 대한 정보는 얻지 못했다.

"여어, 잘 왔네."

언제나와 같은 칠칠치 못한 모습으로 리클라이닝 체어에 거만

하게 앉아있었다.

"항상 하는 대사니까 신경은 안 쓰지만, 불러낸 건 간도 교장 선생님이에요."

"하! 뭐, 그 말이 맞다. 왜 불려왔는지…… 알지?"

천천히 일어서서 책상을 우회해서 내 앞으로 왔다.

날카로운 눈빛. 그리고 존재감의 압력이 엄청나다. 역시 현역 마왕이다. 몸이 멋대로 떨렸다.

"역시, 어제--."

"이번 분기에 추천하는 애니는 뭐냐?!"

"그런 이유 때문에?!"

——그리하여,

잠깐 동안 이번 분기 신작에 대한 뜨거운 토론이 전개되었다.

"——그래서 말이죠, 결국 애니의 퀄리티라는 것은 우수한 제작 진행이 얼마나 있느냐에 달려있어요. 좋은 애니메이터에게 일을 얼마나 맡기느냐 하는 문제죠."

"그렇군. 스튜디오가 좋다고 다 좋은 게 아니라는 건가."

"그렇죠…… 팀에 따라서 퀄리티가 완전히 다르니까요."

"그렇단 말이지. 끝내주는 스튜디오인데 심각한 놈도 있단 말이야."

왜 교장실에서 이런 이야기를 하고 있는지 도무지 이해할 수 없었다. 다만 내 지식의 대부분은 아버지와 어머니가 한 말을 인용한 것인데.

"아~ 그리고 하나 더 물어보고 싶은데."

"네, 제가 아는 내용이라면."

"이비자를 쳐죽일 수 있나?"

"_____."

갑작스러운 질문에 대답을 할 수 없었다.

그런 나를 비웃듯이 교장 선생님은 계속해서 말했다.

"이비자는…… 확실히 '데빌' 아르카나를 소유하기에 걸맞은 녀석이다. 철저하게 이기적이니 말이야."

"이기적…… 인가요."

"마족이라는 존재는 인간보다도 욕망에 솔직하지. 인간이라면 다른 여러 감정이 브레이크를 걸어. 하지만 마족은 다르다. 한 번 이거다 하고 꽂히면, 다른 건 전부 희생하지. 다른 사람에게 폐가 되는 것 따위는 상관하지 않아. 자신의 욕망을 채우고, 자신의 이익을 최대로 추구하는 것이 미덕이지."

"인간도 이기적인 녀석은 많아요."

"그 녀석은 악마에 가까울 거다."

……그런가?

반대로 악마라고 해도 모두가 이기적인 건 아니다.

그도 그렇게 리제르 선배는 다르다. 그리고 미야비도. 레이나도 그렇다.

"──그래서, 녀석은 널 죽일 생각이 가득한데? 가망은 있나?"

"아직…… 공략 방법을 찾지 못했습니다."

간도 교장은 '핫' 하고 기가 막힌다는 듯이 숨을 내쉬었다.

"공략이라…… 뭐, 상관없나. 이비자의 고유마법이 뭔지, 그 정도는 알고 있지?"

가볍게 던지는 한마디 한마디가 마치 나를 매도하는 것처럼 느껴졌다.

"아마 정신 공격이지 않을까…… 싶습니다. 세뇌나 최면술 같은 본인의 의지와는 상관없이 이비자의 명령대로 움직일 수 있게 만드는."

그러자 교장은 '아~'라며 앓는 소리를 내고 불쾌한 표정을 지었다.

"어이 어이, 정신 차리라고, 인간. 그러고도 '러버즈'의 마왕 후보냐?"

"……틀렸다는 말인가요."

"비슷하긴 하지만. 근본이 달라."

"하지만 가르쳐주진 않죠?"

간도 교장은 약간 기쁜 듯이 씩 웃었다.

"난 공평한 입장에 있어야 하니 말이다. 특정 후보를 편들 수는 없어. 하지만 말이다."

그리고 현 마왕── 간도 바르바토스는 한쪽 눈을 감았다.

"왜 유우가오제의 혈족마법에 고집하는가, 거기에 녀석의 강점과 약점이 있다."

미야비의……?

"그리고 말이다, '러버즈'는 살짝 트리키 하다고 할까 까다롭다고나 할까, 다루기 어려운 아르카나야. 일찍이 제대로 쓴 녀석이 없었지."

"확실히…… '러버즈'는 제대로 된 성과를 남긴 적이 없다는 말을 들은 적이 있어요. 딱 잘라 말해서 가장 약하다는 말을."

교장은 팔짱을 끼고 끄덕였다.

"그건 어떻게 보면 사실이긴 해. 그래서 평범하게 생각하면 이번에도 글렀다고, 모두가 그렇게 생각하고 있지. 하지만 말이다, 이번에는 지금까지와는 크게 다른 점이 있다."

"그건…….."

"인간이 마왕 후보가 된 건 지금까지 그 예가 없었다. 그래서 상상도 할 수 없는 일이 일어날 가능성이 있다. 그렇지?"

"……네!"

"뭐, 가장 약한 '러버즈'에 가장 약한 인간을 더해서 더는 손쓸 방법이 없는 사상 최악의 최약체가 될지도 모르지만 말이야!!"

"기대하게 만들어 놓고 결론이 너무하네요!"

교장은 와하하하하 하고 호쾌하게 웃었다.

"아무튼 혼자서는 마왕 대전을 치를 수 없어. 승부는 마왕 후보만으로 정해지는 게 아니야. 극단적으로 얘기해서 마왕 후보가 글러 먹었더라도 카드가 우수하면 살아남을 수 있다."

조금 한심하다는 생각도 들었지만, 현실의 나 같다는 생각도 들었다.

"그렇네요…… 특히 러버즈의 모두는 의지가 되니까요."

"'러버즈'는 다른 아르카나와는 약간 다르고, 너도 마족이 아니라 인간이다. 그러니 다른 녀석과는 다른 방식을 취해도 된다고."

"방식…… 말인가요?"

"마왕 후보와 카드는 순수한 이해관계로 맺어져 있지. 하지만 너희에게는 다른 것도 있지 않나?"

"다른…….."

'러버즈', 그리고 인간만이 가지고 있는 것…… 대체 뭘까?

"이해득실 이외의 관계로 맺어지면 다른 걸 얻을 수 있을지도 모르지. 그렇게 하면…… 카드가 가진 잠재적인 능력을 너에게 헌상해줄 거야."

……간도 교장의 말뜻을 잘 이해할 수 없었다.

내 표정을 읽었는지 교장은 어깨를 으쓱했다.

"하지만 뭐, 너무 어렵게 생각하지 마. 요컨대 쓰러뜨리면 되는 거야."

나는 무심코 쓴웃음을 지었다.

"그야 그렇지만. 전 인간이고, 상대는 최강의 마족──."

"좋잖아!!"

교장은 희열과 살기로 가득한 웃음을 지으며 나에게 들이댔다.

"재밌을 것 같구만! 부럽다고 제기랄! 상대는 최강? 당해낼 수 있을 리가 없다고? 최고구만!"

그리고 갑자기 내 멱살을 잡았다. 번뜩번뜩 빛나는 눈동자가 나에게 다가왔다.

"최강을 무찔러라! 최강을 떨어뜨려라! 최강을, 격파해라!!"

나는 솔직히 스스로의 말에 흥분한 듯한 교장의 엄청난 박력에 겁먹었다.

그 직후, 교장은 이제 이야기는 끝났다고 말하듯이 교장실에서 쫓아냈다.

난 혼자 복도를 걸으면서 교장에게 들은 말을 계속 생각했다.

——유우가오제의 혈족마법에 고집하는 이유…… 인가.

하지만 답은 찾지 못했다.

마왕학원의
반역자

오늘의 방과 후는 미야비와 특훈.

다만 미야비가 날 단련시킨다기보다는 서로 자신의 목표를 향해 연습한다는 느낌이었다.

체육대회 준비 때문인지, 교정의 트랙을 달리는 학생이 꽤 있었다.

나와 미야비도 그 속에 섞여서 러닝.

난 보통 체육복을 입고 있었지만 미야비는 어째서인지 후드가 달린 사우나슈트를 껴입고 있었다. 보고 있는 내가 숨 막히게 더웠다.

"으~ 더워……."

"왜 그런 걸 입고 있는 거야?"

"그 왜 난 펀치 같은 걸 잘하잖아? 그래서 혈족 마법도 필살 펀치라고 생각해! 그러니까 트레이닝은 이런 차림으로 하는 편이 확실하지 않을까 싶어서."

복싱 만화라도 읽은 걸까?

"하지만 감량 같은 건 필요 없잖아?"

"아, 그래도 살을 빼는 편이 움직임이 잽싸질지도 모르지!"

전에 얼굴부터 살이 빠진다고 한 것 같은데…… 좋아서 하는 거라면 찬물을 끼얹는 것도 미안하지.

"그럼, 유우토. 다음은 드디어 필살기 특훈이야!"

의욕이 가득한 눈동자를 나에게 향했다.

이비자 건으로 상당히 낙담하고 있던 것 같았지만, 이렇게 활기찬 얼굴을 보여주니 안심이 됐다. 역시 미야비는 이래야지.

"알았어. 그래서 어디서 할 거야?"

오늘은 안타깝게도 체육관을 못 쓴다. 마법 훈련실도 가득 찼으니, 그 외에 요란하게 날뛸 수 있는 장소라면……?

"그럼 거기로 할까. 잠깐 따라와."

미야비에게 이끌려 간 곳은 교사 뒤편의 공터였다.

"여긴 사람이 별로 안 오니까 특훈하기에는 딱이야."

실수로 공격 마법이 교사에 맞으면…… 하고 걱정했지만, 잘 생각해보니 교사에는 방어마법과 수복마법이 걸려있었다.

마법 공격을 맞아도 영향이 적고, 부서져도 일정 시간 안에 지나면 재생이 가능하다.

"알았어. 그럼, 여기서 할까."

그리하여 나는 상급 마법에 도전했다.

과제는 상급 화염 마법 '파이드제논'.

의욕에 가득 차서 임했지만…….

'실행 불가능. 마력이 부족합니다. 마력량의 상한을 올리는 것이 필수.'

……이게 무슨 일인가.

마술식은 배울 수 있어도 실행할 수 있는 마력이 없다. 그보다 마력을 모을 수가 없다.

애초에 인간은 마력이 거의 없고 몸에 마력을 저장하는 것도 불가능하다.

이것만큼은 아르카나에게 부탁해도 무리다. 당분간은 반복 연습을 할 수밖에 없다고는 해도…… 마력량을 어떻게 늘리면 좋지?

게다가 만약 늘리지 못한다면……?

그런 불안감을 느끼고 내가 고민하는 사이에 미야비는 무엇을 하고 있느냐 하니……,

"미야비 · 원더 어택!!"

"유우가오제 · 크래쉬!!"

"미야비 · 블레이드!!"

수수께끼의 키워드를 연발하면서 섀도복싱.

"……뭐하는 거야?"

"어? 당연히 혈족 마법 연습이지."

아이가 '흉내 내기 놀이'를 하는 것과 별 차이가 없는 것처럼 보이는 건 기분 탓일까?

"혹시 기술명을 맞추면 쓸 수 있는 거야? 음성 입력처럼."

"음성? 그건 모르겠지만, 뭔가 조금만 더 하면 쫘광~ 하고 할 수 있을 것 같은데 좀처럼 안 된단 말이지. 그래서 딱 부러지는 뭔가가 있으면 기분도 나서 쓸 수 있을 것 같은 느낌이 드는데."

근거는 딱히 없는 것 같았다.

"어쨌든 조금만 더 하면 감을 잡을 수 있을 것 같다는 건가…… 딱 부러진다는 느낌은 다르게 말하면 어떤 느낌이야?"

미야비는 천천히 펀치 모션을 해보였다.

"음~, 뭔가 이렇게, 갸루갸루한 느낌? 이해돼?"

"1미리도 모르겠어……."

미야비는 뾰로통한 표정을 짓더니 교사를 등지고 파이팅 포즈를 취했다.

"일단 해볼 테니까 보고 있어. 위험하니까 뒤에 있어."

나는 미야비의 말대로 미야비의 뒤로 돌아 교사에 기댔다.

미야비 안에서 마술식이 뻗쳤다. 발아래에 마법진이 나타났고 주위 공기의 느낌이 달라졌다.

이건…… 항상 쓰던 '알마드' '맥시마이즈' '스트라이드'……가 아니다.

미야비의 몸속에서 알 수 없는 마술식이 구성되어 가는 걸 느꼈다.

그리고 몸 안쪽에서 솟구치는 마력. 그 흐름이 미야비의 몸속을 돌아 맹렬한 열량을 만들어내면서 가속해나갔다.

"하아아아아아아아아아아아아아아아아아아아아아앗!!"

극한까지 높인 마력을 쏘아내기 위해 주먹을, 팔꿈치를 힘껏 뒤로 당겼다.

그 순간, 바로 뒤로 마력이 방출되었다.

"……!!"

내 바로 옆에서 엄청난 마력 충돌이 일어났다.

미야비의 마력이 교사의 방어마법을 깨부수고 벽을 분쇄했다.

우두커니 선 채로 한 발짝도 움직일 수 없었다.

"주……."

쭈뼛거리면서 옆을 보니, 교사에 구멍이 뚫려 복도로 가는 지

름길이 생겨나 있었다.

그제서야 온몸의 핏기가 싹 가셨다.

"죽일 셈이냐?!"

"미, 미안! 그럴 생각이 아니었는데!!"

"그럴 생각이었으면 곤란하다고!"

확실히 마력의 흐름과 몸의 움직임이 어긋나 있었다는 느낌도 들었고, 마술식도 잘 구성되지 않은 것처럼 느껴졌다.

그렇다 치더라도 방어마법의 안전장치를 깨부수고 교사에 구멍을 낼 줄이야…….

"확실히 불발인데 이 위력이면 대단하네…… 이게 유우가오제가의 혈족 마법이야?"

"맞아! 그럴 거야! 아마도!"

"하지만 분명…… 그 혈족 마법 덕분에 인간 유력자나 다른 마족과의 관계를 강화해서 출세했다고 말하지 않았어? 지금 미야비가 쓴 기술은 아무리 봐도 힘 기술이라 해야 할까, 완력이라 해야 할까……."

"서로 주먹으로 대화한 게 아닐까?"

옛날 소년 만화냐.

"그래서 어떤 구조야? 마술식이라던가…… 효과라던가."

"음~ 말로는 설명이 잘 안 되는데. 뭔가 이렇게 그왁~ 하고 와서, 쿵~ 해서 갸르르르 하는 느낌."

역시 미야비어는 '러버즈' 아르카나도 해석이 불가능하다.

하지만 감각만으로 마술식을 만드는 것도 어떻게 보면 대단하다.

응?

……왠지 미야비의 몸이 점점 기울어지고 있는 것 같은데?

"어, 야, 미야비?!"

황급히 달려가서 쓰러질 뻔한 미야비를 안았다.

"흐냐아아아아…… 더는 안 돼…….”

땀투성이가 된 얼굴을 새빨갛게 물들이고 기절했다.

더워서 쓰러진 건가?!

"정신 차려!"

방금 전의 마법은 엄청난 열을 발산했다. 이런 사우나 슈트를 입었으니 무리도 아니다.

아무튼 식혀야 한다.

난 주위를 둘러보고 다른 학생이 없는 것을 확인했다. 미야비의 옷깃에 손을 뻗어 사우나 슈트의 지퍼를 열었다.

그러자 후끈한 열기와 여자다운 달콤한 과일과 같은 향기가 감돌았다.

그리고 안에는 금방 껍질을 벗겨낸 과일을 방불케 하는 거유.

나도 모르게 침을 삼켰다.

여느 때처럼 스판 소재의 스포츠 브라에 감싸인 미야비의 가슴.

하얀 피부에는 윤기 있는 땀방울이 빛났고 갓 쪄낸 것처럼 복숭아 색으로 살짝 물들어 있었다.

묘하게 맛있어 보이는 가슴을 감싸고 있는 스포츠 브라는 땀에 젖어 축축했다. 반쯤 비쳐서 젖꼭지의 색과 형태가 드러나 있었다.

여, 여기서 더 가면 위험하다!

빨리 팰리스로── 아니, 보건실이 더 가깝다!

난 미야비의 등과 무릎 아래에 손을 넣어 안아 올렸다.

흔히들 말하는 공주님 안기로 안아서 방금 전에 미야비가 뚫은 구멍으로 뛰어들었다.

팔 안에서 축 늘어져 있는 미야비를 신경 쓰면서 복도를 달렸다. 보건실은 바로 앞이다.

발로 문을 열어서,

"선생님! 미야비가 더위에 쓰러져서──."

아무도 없었다.

"으~ 더워……."

잠꼬대를 하듯이 중얼거리는 미야비를 침대에 눕히고 서둘러 사우나 슈트 벗기기에 착수했다.

"자, 팔을 뒤로…… 할 수 있어?"

윗옷을 벗기니 땀방울이 등에서 흘러 떨어졌다.

다음으로 옷자락을 잡아당겨 어떻게든 바지를 벗겼다. 이쪽도 땀으로 딱 붙은 스패츠가 보였다. 촉촉하게 젖은 하복부에서 눈을 돌렸다.

"지, 지금 물 가지고 올게."

보건실에 비축되어 있던 미네랄워터를 빌려 미야비에게 먹였다. 다행히도 몽롱한 상태로도 꿀꺽꿀꺽 마셔줬다.

"괜찮아?"

"아~…… 아직, 머리가 빙빙 돌긴 하지만…… 고마워, 유우토. 미안해."

나는 문득 마력을 다 써서 기절할 때를 떠올렸다.

"항상 기절한 날 도와주고 있잖아? 그에 비하면 별거 아니야."

"유우토……."

조금 진정된 미야비의 안색이 다시 빨개지기 시작했다.

"근데 미야비, 그렇게까지 혈족 마법에 집착하지 않아도 된다는…… 느낌도 드는데."

"아냐. 나한테는 중요한 일이야."

그렇게 말하는 미야비는 몸 상태가 나쁜데도 불구하고 눈을 반짝이고 있었다.

"혈족 마법은 일족에게 계승되는 거니까. 제대로 쓰고 싶어. 난 머리도 나쁘고 아가씨 노릇도 무리지만…… 유우가오제의 딸이니까, 유우가오제답게 해야만 한다는 느낌이 들어."

미야비…….

"몇 세대나 쓰지 못한 혈족 마법을 쓸 수 있게 되면, 유우가오제의 딸이라고 자신 있게 말할 수 있다고 해야 할까…… 이런 나라도 어머님이나 아버님을 기쁘게 할 수 있지 않을까 싶어."

"……그렇구나."

"응…… 웃."

미야비는 이야기를 끝내자 얼굴을 찌푸렸다.

"아직 상태가 안 좋은 것 같네. 땀 닦아줄 테니까 잠깐 기다려."

난 선반에서 수건을 빌려 침대로 돌아왔다.

하지만 그때, 문밖에서 목소리가 들려 누군가가 들어올 것 같은 기척을 느꼈다.

난 바로 침대를 가리는 커튼을 쳤다. 그 직후에 문이 열리는 소리가 울렸다.

'어라? 선생님 없어.'

'괜찮지 않아? 그냥 쓰자. 약이랑 반창고지?'

그런 대화가 들려왔다. 아마 체육대회 연습에서 넘어졌거나 무슨 일이 있었을 것이다.

이런 모습을 보이면 이래저래 문제가 된다. 난 숨을 죽이고 미야비에게도 조용히 하라며 입 앞에 검지를 세웠다.

그러자 미야비가 이쪽으로 오라며 손짓했다.

난 살짝 한발 다가가서 허리를 숙여 미야비의 입 앞에 귀를 내밀었다.

"땀…… 닦아줘."

지금?!

그러자 미야비는 스포츠 브라의 어깨끈을 풀고 아래로 끌렀다.

5밀리만 더 내려가면 땀방울이 빛나는 가슴의 끝부분이 보일 것 같았다.

"아, 야."

"그치만 유우토도 마력을 꽤 썼잖아? 보급 해둬야지. 갑자기 쓰러지면 위험하잖아."

그, 그건, 그렇지만……

"그리고 이것저것 시험해보는 편이 좋지? 이런 건, 회복이 팍

팍 될지도."

으…… 하지만.

난 잠깐 고민한 뒤에 수건을 미야비의 목덜미에 댔다.

"응…….."

목부터 어깨, 그리고 쇄골에 난 땀방울을 닦아나갔다.

다음엔 몸을 가까이 대고 정면으로 안는 듯한 자세로 등을 닦았다.

미야비의 상기된 얼굴이 엄청 가까이 있었다.

미야비의 숨결이 내 목덜미를 간질여서 나도 모르게 소리를 낼 뻔했다.

"……유우토오♥"

조, 조용히! 그리고 그렇게 응석 부리는 목소리 내지 마!

'어라? 누가 있나?'

'커튼이 쳐져 있으니까 누가 자고 있는 거 아냐?'

손을 딱 멈췄다.

그리고 무심코 숨도 멈췄다.

그때, 미야비의 견갑골에 닿아있던 손으로 마력이 전해져 오는 걸 느꼈다.

이런 위기 상황에, 어째서……?

'자는 걸 방해하면 미안하니까, 조용히 하자. 음, 반창고는 어디에 있으려나~?'

오히려 시끄럽게 해주는 편이 도움이 되는데!

미야비가 귓가에 약간 우습다는 듯이 속삭였다.

"두근두근하네."

"위험하다고. 이 이상은……."

"그치만 지금 회복했지?"

확실히 했다. 어느 정도 회복했는지 아르카나에게 물어보니,

'현재 마력 공급— 20000.'

등을 만진 것만으로?!

끌어안는 듯한 자세 때문일지도 모르지만…… 혹시, 정말로 이 두근거리는 시추에이션이 영향을 주고 있는 건가?

"그럼 말이야……."

미야비가 가슴을 들어 올리면서 한곳에 모았다.

"여기도…… 닦아줘♥"

땀방울이 맺힌 가슴의 계곡을 보니, 내 목이 꿀꺽하고 소리를 냈다.

쇄골 바로 아래부터 가슴 쪽으로 닦아나갔다.

수건 너머로도 그 감촉의 변화를 확실히 알 수 있었다. 서서히 부드럽고 폭신폭신한 촉감으로 변화해 갔다.

"응……으응♥"

미야비도 목소리를 내는 걸 참고 있지만, 미묘하게 달콤한 신음 소리가 샜다.

하지만 점점 행위에 열중하게 돼서 커튼 너머의 소리가 귀에 들리지 않기 시작했다.

"저기, 유우토…… 가슴은, 아래쪽에 땀이 차는데?"

미야비의 젖은 눈동자가 날 올려다봤다.

"가슴 아래랑, 몸이 닿는 부분…… 닦아줄래?"

기대에 찬 눈길.

"……미야비가 원한다면."

미야비는 가슴 끝을 가리면서 스포츠 브라를 아래로 잡아당겼다. 브라가 정점을 넘어선 순간, 미야비의 가슴이 출렁하고 튀어나왔다.

양손으로 젖꼭지를 가리고 가슴을 들어 올렸다.

"괜찮아…… 유우토."

가슴이 두근거렸다. 뭔가 미야비는 손을 뗄 타이밍을 재고 있는 듯한 그런 느낌도 들었다. 커튼 너머에서는 다른 학생이 상처를 치료하고 있는데.

난 미야비의 가슴 아래에 수건을 대고 들어 올려 아랫가슴의 감촉을 체감했다.

위에서 만진 것과는 또 달랐다. 그리고 묵직한 무게를 느꼈다.

가슴을 누르는 미야비의 손이 느슨해지기 시작했다.

"유우토♥"

'현재 마력 공급―― 30000. 한계 돌파.'

어?

'마력의 상한이 30000으로 상승했습니다.'

"뭐라고?!"

'보충, 이로 인해 상급 마법을 사용할 수 있게 되었습니다.'

"유우토?"

"아니…… 지금, 아르카나가 말했어. 내 마력의 상한이 한계를 돌파해서 상승했다고."

"해냈네! 유우토!!"

미야비는 나에게 안겼다. 나도 정말 감격해서 미야비를 끌어안았다.

"아아! 이제 상급 마법도 쓸 수 있어!!"

그 후에 미야비가 상반신이 알몸이었다는 걸 기억해냈다. 그보다 안기 직전에 젖꼭지가 살짝 보인 것 같은데——,

커튼이 힘차게 걷혔다.

"우왓?!"

"꺅?!"

거기에 서 있는 것은——,

"둘이서 뭐하고 있는 거야? 이런 곳에서."

"……리제르, 선배."

"정말이지…… 내가 그 학생을 쫓아내지 않았다면 들켰을 거라구? 너희들."

우리는 제정신으로 돌아와 위축되었다.

"……죄송합니다."

"그, 그치만, 덕분에 유우토의 마력 상한이 올랐는데?"

"뭐?! 정말?"

나와 미야비는 리제르 선배에게 지금 일어난 일을 이야기했다.

"과연…… 그렇구나. 한 번에 큰 마력을 공급하면 상한도 올라간다는 거구나…… 우연의 산물이긴 해도 잘 찾아냈구나."

"그러니 일단 이번 일은 너그럽게 봐주실 수 없을지……."

두려워하면서 물어보니, 리제르 선배는 턱에 손가락을 대고 생각에 잠겼다.

"그럼――."

리제르 선배는 다시 커튼을 쳤다.

"내가 한계를 더 돌파하게 해줄게."

난 황급히 교복의 리본을 풀기 시작한 선배를 막았다.

"아니, 진짜로 더 이상은 위험하다구요! 오늘은 이만해주세요!"

이 뒤에 바로 보건 선생님이 돌아와서 살았다. 이 이상의 두근 두근 플레이는 솔직히 심장에 좋지 않다.

하지만 앞으로 어떤 마력 공급 방법이 기다리고 있을지 생각 하니, 조금 기쁜 듯하고 두려운 듯한 복잡한 기분이 들었다.

◆ ◆ ◆

팰리스의 욕실은 넓다.

세 명이 여유롭게 들어갈 수 있는 욕조가 있고, 몸을 씻는 곳 에도 더블베드를 놓을 수 있을 정도다. 그리고 샤워 부스도 두 개 있다.

유리로 만들어진 샤워 부스에 '러버즈'의 〈〈퀸〉〉 히메가미 리 제르와 '러버즈'의 〈〈프린세스〉〉 유우가오제 미야비가 각각 들 어가 있었다.

유리 쇼케이스에 든 등신대 피규어―― 라고 형용하고 싶어질 정도로 둘 다 인간을 초월한 미모를 자랑하고 있었다.

놀랄 정도로 큰데도 전혀 처지지 않는 탄력 있는 가슴.

단련되어 쏙 들어간 배.

크게 솟아올라 터질 듯한 엉덩이.

아름다운 곡선을 그리는 기다란 손발.

남자의 욕정을 불러일으키는데 더 없이 좋은 몸이었다.

그런 실오라기 하나 걸치지 않은 몸을 더욱 깨끗이 하려는 듯이 바디워시의 거품을 퍼뜨려갔다.

"땀을 엄청 흘렸으니 말이야~. 아~ 개운해~."

미야비는 보건실에서 나온 직후 바로 샤워를 하고 싶다는 말을 꺼냈다. 리제르도 마찬가지로 땀을 흘렸다면서 샤워에 어울리고 있었다.

"사우나 슈트 같은 걸 다 입다니, 감량이라도 할 생각이었어?"

리제르도 바디워시로 거품을 낸 스펀지로 몸을 문지르면서 물었다. 선정적인 육체가 거품으로 조금씩 덮여갔다.

"그런 건 아니지만. 리제르 선배는 다이어트는 순조로워?"

"쓰, 쓸데없는 참견이야."

온몸이 거품투성이가 된 미야비의 몸에 샤워기의 온수가 닿았다.

"아~ 기분 좋다~ ♪"

온수가 거품을 씻어내서 미야비의 몸의 라인이 다시 드러나기 시작했다.

"지금 사는 집은 욕실도 없으니 말이야~. 다음부터 여기서 목

욕하고 집에 갈까?”

“당분간은 우리 집에 있어도 되는데?”

“응…… 하지만 계속 있을 수는 없으니까. 그래도 빼앗긴 집과 토지는 이제 돌아오지 않는 거지?”

“……그렇네. 어려울 거야.”

“그럼 마음을 바꿔서 새로운 환경에 적응해야지. 하지만…….”

미야비는 머리로 샤워를 맞으며 고개를 숙였다.

“이비자…… 그 녀석만은 용서 못 해.”

“동감이야. 하지만 체육대회가 끝날 때까지는 서로 건드리지 않기로 약속했어.”

“응. 알고 있어.”

거품을 완전히 씻어낸 미야비는 샤워부스에서 나왔다.

“아 맞다. 요전에 유우토네 집에서 레이나 말인데…….”

“그래…… 밝게 행동하고 있지만, 무리하고 있어. 하지만 그 애에 대해서도 제대로 생각하고 있어. 지금 조사하고 있는 참이야.”

미야비는 걸려있던 배스타월을 손으로 집어 머리를 북북 닦은 다음 목에 걸쳤다.

“역시 퀸. 모두를 잘 보고 있구나.”

“그렇지도 않아. 네 일도 알아차리지 못했어…… 미안해.”

“아니, 선배가 사과하지 마. 나쁜 건 이비자니까!”

리제르도 샤워기에서 따뜻한 물을 틀어 거품을 씻어내기 시작했다.

“……잃어버린 건 돌아오지 않을지도 몰라. 하지만 그 인과는 반드시 이비자에게 닥칠 거야."

"그 말은 우리 '러버즈'가 '데빌'에게 이긴다는 말이지?"

"그렇다기보다는, 미야비가── 이려나."

"나?"

"이건 네가 넘어야 할 벽이니까."

"내가……."

"미야비라면 분명 넘어설 수 있을 거야."

미야비는 배스타월을 목에 건 채로 잠시 생각했지만, 곤란하다는 듯이 웃으며 머리를 긁었다.

"에이~ 뭐야 그게? 뭔가 선배는 가끔씩 예언자 같단 말이야."

"어?"

리제르는 가슴에 샤워기의 물을 맞으며 미야비를 돌아봤다.

"뭔가 미래를 알고 있는 것 같잖아. 유우토한테 아르카나가 갔을 때도 그렇게 놀라지 않았고. 그리고 아르카나의 목소리가 들릴 거라고 했잖아. 처음엔 무슨 소리를 하는가 싶었어."

"……."

리제르는 다시 미야비에게 등을 돌렸다.

"과대평가야. 예언자라기보다는 기껏해야 서투른 마술사 정도지."

"뭐~ 그러려나? 그치만 전에 유우토가 차기 마왕이 될 거라고 단언한 건 감동했어! 그래서 나도 분명 실현될 거라고 믿고 있어!"

"그렇네…… 실현하자. 우리의 힘으로."

"응. 저기…… 그래서 선배는 유우토에 대해서…… 어떻게 생각하고 있어?"

"어떻게라니……?"

"있잖아, 난…… 유우토를."

미야비는 샤워를 할 때보다 더 볼을 붉히고 말했다.

"진짜로…… 좋아할지도, 모른다?"

"……그렇구나."

리제르는 엷은 미소를 지은 채로 표정을 바꾸지 않았다.

"……저기, 서, 선배는?"

"그렇네, 난——."

잠시 생각을 했는지 틈이 생겼다.

"내가 섬겨야 하는 차기 마왕인걸. 싫어할 리가 없지."

"어…… 그, 그런가……."

미야비는 이어서 질문할지 망설이는 표정이었다.

"응, 뭐 됐어…… 나 먼저 나갈게! 천천히 해!"

미야비는 웃으면서 손을 흔들더니 욕실을 나갔다.

문이 닫히니 욕실은 갑자기 조용해져 샤워기의 소리만 들렸다.

리제르는 누구에게랄 것도 없이 중얼거렸다.

"미야비…… 마술은 말이야, 트릭을 밝히면 단순한 법이야."

리제르는 샤워 부스의 거울이 비친 자신의 얼굴을 바라봤다.

"유우토는 차기 마왕이 될 거야. 아니…… 내가 유우토를 차기 마왕으로 만들어 보이겠어."

리제르는 샤워를 계속했다.

◇ ◇ ◇

드디어 체육대회 당일.

교정의 트랙을 둘러싸듯이 전교생의 자리가 준비되었고, 그 바깥둘레에는 체육대회를 위해 관람석이 새로 건설되어 있었다.

얼마나 대규모인가 하는 생각이 들었는데 실제로 자리가 꽉 차 있었다. 이건 확실하게 만 명 클래스다. 엄청난 일대 이벤트였다.

학생만으로 천 명 가까이 된다. 그 가족과 일족, 하인. 그 외에도 마계에서 시찰하러 온 무리도 많은 듯했다. 이런 와중에 혼자만 인간인 나는…… 괜찮은가? 여러 가지 의미에서.

"지금부터 마왕학원, 체육대회를 시작한다!!"

간도 교장의 개회선언에 이어서 스텔라의 선서.

"우리는—— 마족의 긍지를 걸고 자신을 위해, 자신의 힘을 최대한으로 발휘하여 어떤 수를 써서든 상대를 때려눕히고 물리칠 것을 맹세합니다."

엄청난 선서라고 생각했지만 주위 사람들은 모두 박수. 나는 손을 흔들고 웃으면서 응하는 스텔라를 가만히 올려다보고 있었다.

교장이 말한 마족은 이기적이라는 이야기를 떠올렸다.

하지만 스텔라도 연예계에서 탑을 노리는 아이돌로서는 그 정도로 맹렬히 노력해도 이상할 것이 없다. 다만 나는 스텔라의 마왕 후보로서의 얼굴을 아직 모른다.

저 아름다운 얼굴 아래에는 이비자 같은 무서운 얼굴이 숨어 있는 걸까?

그런 생각을 하면서 바라보고 있으니, 시선을 알아차린 스텔라가 윙크+손키스를 보내왔다.

옆에 서 있는 리제르 선배가 불쾌한 표정을 짓고 있는데 좀 무서웠다.

어쨌든 체육대회가 시작되었다.

이비자도 체육대회가 끝날 때까지는 움직이지 않을 것이다. 다시 말해서 이 축제가 끝나면 다시 전쟁이 시작된다는 것이다. 하지만 지금은 이 순간을 즐기자.

"유우~ ♪"

아니잇?! 잘못 들을 리가 없는 목소리를 듣고 돌아보니, 태평하게 손을 흔드는 익숙한 모습이 있었다.

"엄마?! 왜 여기 왔어!!"

옆에는 아버지도 있다. 빠른 걸음으로 다가가니,

"그게 있지~, 리제르가 초대해줬어~. 자리가 비어있으니 오는 게 어떻냐면서. 그래서 같이 와버렸어!"

"저, 저기 저기, 실례합니다, 이에요."

어머니의 그림자 뒤에서 레이나가 나타났다.

"중등부도 공부를 위해서 고등부의 체육대회를 견학하는 거예요. 그래서 같이 보라는 말을 들어서……."

또…… 엄마가 억지로 꼬드겼을 거라는 의혹이 든다.

하지만 그보다 걱정스러운 일이 있다. 여긴 보통 학교가 아니다. 마족이 다니는 마왕학원에서는 인간을 난폭하게 대한다. 다른 사람들이 그런 태도로 어머니와 아버지를 대하면…….

"괜찮아, 유우토."

리제르 선배가 어느샌가 옆에 있었고, 나를 안심시키듯이 미소 지었다.

"히메가미 가의 프라이빗 룸에 초대했어. 거기라면 이상한 잡음은 안 들어갈 거야."

리제르 선배가 가리킨 곳에는 체육대회를 위해 세워진 관람석이 우뚝 솟아있었다.

그 안에 전망이 좋아 보이는 개인실이 늘어서 있었다. 아무래도 저기에 초대를 받은 것 같다.

"죄송해요, 선배. 이런 것까지 다 해주시고."

어머니는 활짝 웃으면서 리제르 선배의 손을 잡았다.

"정말 고마워! 리제르!"

"아니에요, 저도 초대할 수 있어서 기뻐요. 기뻐해 주시니 다행이에요."

리제르 선배도 빙긋 웃으면서 인사하고 어머니와 아버지의 뒤로 시선을 옮겼다.

"두 분을 안내해드려."

"알겠습니다. 그럼, 이쪽으로 오시죠."

어머니와 아버지의 뒤에 서 있던 검은 옷을 입은 남녀 여섯 명이 두 사람과 레이나를 안내하여 관람석 쪽으로 걸어갔다.

어째 히메가미 가의 경호원 같은 것인 듯했다.

"어머님과 아버님에게 위해를 가하게 둘 순 없지. 안심하고 경기에 집중하자."

갑자기 나와 선배 사이에 미야비가 끼어들어 왔다.

"맞아! 우리 백군이 이기는 모습을 보여줘야지!!"난 무심코 웃으면서 관람석 중앙에 설치된 득점판을 봤다.

아직은 백군과 홍군 모두 0이라는 숫자가 표시되어 있었다.

"알겠어요! 반드시 이겨요! 이 체육대회에서 이비자가 있는 홍군에게 이겨서, 이후의 승리의 계기로 삼아요!"

"오~!!"

미야비가 주먹을 들어 올리니 스피커에서 굉장히 체육대회다운 음악이 나오기 시작했다.

드디어 마왕학원의 체육대회가 시작된다.

◇ ◇ ◇

경기는 상상 이상으로 격렬했다.

달리기 경주에서는 '스트라이드'를 쓰거나, 혼혈종은 신체 능력을 살리거나 해서 전력 질주.

콩주머니 넣기에서는 비행 마법을 쓰거나 물질이동을 쓰거나 해서 콩주머니를 직접 바구니에 넣었다.

그건 반칙이 아닌가 하는 생각도 들었지만, 각자가 가진 능력을 사용해도 상관없는 게 마왕학원의 체육대회다.

다만 질 것 같아지니 상대팀에게 콩주머니를 던지기 시작했지만. 상대도 응전했는데, 위력이 웃어넘길 수 없는 수준이었다. 그야말로 총격전이었다.

하지만 직접적인 공격으로 간주되어 경기가 중지되었다.

하지만 회장은 한껏 고조되었다. 학생뿐만 아니라 관객의 환성도 울려 퍼졌다.

학생은 마왕 후보에게 좋은 모습을 보여주려고 필사적이었다. 그래서 경기가 격렬해져 관객이 흥분했다. 엔터테인먼트다운 이벤트를 열겠다는 교장의 의도대로였다.

하지만 가장 중요한 마왕 후보는 '러버즈' '스타' '채리엇' '저지먼트' 데빌' 뿐이다.

참고로 참가 예정이었던 '행드맨'은 말도 안 되게 대회 시작 전 취소.

그래서 시작하기 전까지는 '이러면 학생의 의욕이 안 나는 게 아닐까……' 하고 생각했는데.

그런 의문을 입에 담으니 어깨동무를 하고 몸을 딱 붙이고 있는 미야비가 대답했다.

"그야 어딘가에서 보고 있다고 생각하지 않을까? 실제로 어디서 구경하고 있을 것 같은데. 안 보고 있어도 눈에 띄면 귀에 들어가잖아."

"그런가."

참고로 내 오른쪽 발목은 미야비의 왼쪽 발목과 끈으로 연결되어 있었다.

다시 말해서 이인삼각에 나가는 것이다.

당연히 미야비는 빨간 블루머 체육복을 입고 있었다. 특훈 때 입은 스포츠브라&스패츠에 비하면 노출도는 봐줄 만했지만, 이건 이거대로 두근거렸다.

앞 조가 스타트했고, 우리도 스타트라인에 섰다.

현재 득점은 백154 대 적159.

팽팽하지만 적군이 약간 리드하고 있다. 여기선 1점이라도 많이 따야한다.

백군과 적군 각각 다섯 조의 남녀 페어가 나란히 서서 출발 신호를 기다렸다.

"미야비. 하나, 둘 하는 구호로 움직임을 맞추자. 하나에서 묶은 발을 내미는 건 어때?"

"문제없어! 다다다다 달려서 1등 하자~!!"

너무 조급해하면 넘어질 것 같은데…… 아무튼 열심히 해볼까. 리제르 선배나 레이나뿐만 아니라 어머니와 아버지도 보고 있으니.

출발을 알리는 총소리가 울리고 일제히 스타트.

"하나——."

첫걸음째에 쓰러졌다.

"우왓?!"

순간적으로 미야비를 끌어안는 모양새로 내가 아래에 깔렸다. 어떻게든 미야비가 직접 땅에 쓰러지는 것을 막았다.

"유우토?! 괜찮아?"

내 위에 올라탄 미야비가 얼굴을 가까이 댔다.

"어, 어어. 괜찮아."

아주 가까이에 있는 예쁜 얼굴과 가슴 위에 올라간 미야비의 가슴의 감촉에 그만 허둥대고 말았다.

체육복 너머에 있는 가슴이 내 가슴에 밀려 부드럽게 형태를 바꿨다.

"그러니까…… 하나에서 오른발이었나?"

"아냐. 그 반대야."

"그, 그런가! 미안해 유우토, 지금 일어날게. 웃차…… 와앗!"

내 가슴에서 떨어지려던 가슴이 발을 헛디뎌 다시 터치다운. 회복할 필요도 없는데 마력이 회복될 것 같았다.

겨우 일어나 이번에야말로 스타트.

"하나, 둘, 하나, 둘."

이번에는 순조롭다. 하지만 먼저 간 조와는 상당히 떨어져 있었다.

"좀 더 페이스를 올릴 수 있어?!"

"완전 오케이!!"

우리는 속도를 올렸다.

미야비와의 일체감이 높아졌다는 느낌이 들었다. 몸도 마음도 싱크로 되어 아무리 속도를 올려도 넘어질 것 같지 않았다. 그 대신--,

시야 끄트머리에서 격렬하게 흔들리는 물체가 내 주의를 전부 끌어갔다.

그것은 약동하는 미야비의 가슴이었다.

아주 가까이에서 보는 가슴의 흔들림이 이만큼 박력이 있을 줄은 몰랐다!!

보통 사이즈라면 몰라도 미야비 것은 위험하다.

엄청나게 흔들린다.

몸을 밀착시키면 내 가슴에 닿을 정도로 엄청나다.

젠장! 이 녀석, 내 집중력을 갉아먹으려 하고 있어! 최대의 적이 이렇게나 가까이 있다니! 적은 내부에 있다고 하던데, 설마 미야비의 가슴에 이런 마물이 둥지를 틀고 있을 줄이야!

"유우토! 그거!"

"조, 좋아! '스트라이드'!!"

난 미야비의 가슴에서 의식을 돌려 마술식에 마력을 보냈다.

우리는 한걸음에 몇 미터를 뛰어서 순식간에 다른 조를 따라잡았다. 그러자 옆 레인을 달리던 조가,

"큭?! 이 인간 나부랭이가!"

"인간한테 지면 인상이 최악으로 남을 거야! '파이가'!!"

불꽃이 나와 미야비의 눈앞을 스쳐 지나갔다.

이 녀석?! 직접 공격 마법을 썼어!!

"자, 잠깐만! 그건 금지사항이잖아!! 애초에 너도 우리랑 같은 백군이잖아! 같은 팀끼리 발목을 잡아서 어쩌자는 거야?!"

하지만 옆 레인의 남녀 페어는 화가 치민다는 얼굴로,

"인간이랑 같은 팀이라니, 생각도 하기 싫다고!"

"그보다 인간에게 지는 것보다는 백군이 지는 게 훨씬 나아!!"

다시 마법을 쓰려고 했다. 젠장! 바로 옆에 나란히 있으면 피할 수도 없다.

일단 물러날까? 라고 생각했을 때,

"으랴아앗!!"

미야비가 팔을 바로 옆으로 휘둘러 손등으로 일격을 날려서 남자의 따귀를 후려갈겼다.

"크흑!"

옆 조는 그 자리에 포개어지듯이 넘어졌다.

"아아~, 팔을 흔들면서 달렸더니 우연히 부딪쳐버렸어~."

국어책을 읽는 것처럼 말하는 미야비를 보고 마음속으로 '능청스럽다'며 딴지를 걸었다.

하지만 그 일격에 겁을 먹은 다른 조는 뒤로 물러나 우리가 독주하는 상태였다. 그대로 다른 조를 제치고 골인!!

"오오~! 해냈다~! 1등이야!! 유우토!!"

미야비가 안겨왔다.

"야, 야! 아직 발이 묶여있으니까―― 우와아앗!"

다시 넘어져서 얼굴에 거대한 가슴이 낙하해왔다.

"으그웃?!"

아, 아무것도 안 보여! 얼굴 전체가 부드러운 것에 감싸여 있다는 감촉과 미야비의 가슴 냄새 이외에는 아무것도 모르겠어!

"에헤헤~ 서비스야, 유우토♥"

아니, 괴롭다고! 사, 살려줘!

미야비의 팔을 두드려 기브 업 의사표시를 반복했지만 통하지 않았다.

이윽고 내 의식은 멀어져갔다.

◇ ◇ ◇

"유우토 씨, 유우토 씨, 정신이 들었나요?"

"음…… 어어, 레이나?"

정신을 차리니 교정 구석에 있는 텐트에 누워있었다.

"어라? 나, 왜 이런 곳에서……?"

"그…… 유우토 씨는, 미야비 씨에게 질식당해 기절했어요,
예요."

……그랬다.

가슴에 질식당해서 기절하는 것은 리제르 선배에 이어서 두
명째였다.

"저기, 이제부터, 이제부터 응원전이 시작해요, 이에요. 모두
출연한다고 하니까, 혹시 일어나도 문제가 없다면…… ."

"그런가. 모처럼이니 봐야지."

텐트에서 나와 교정 한 구석에 설치된 특설 스테이지로 향했
다.

득점 상황을 보니 백260 대 적290.

우리 군이 살짝 열세인가.

스테이지 앞에서 그런 생각을 하고 있으니──,

'백군 여러분~! 즐기고 있어~?!'

요란한 폭발음과 연기와 함께 스테이지 중앙의 승강장치에서 호시가오카 스텔라가 튀어나왔다.

크게 점프하여 착지.

그것만으로도 큰 함성이 들끓었다.

스텔라의 코스튬은 응원전답게 치어걸 코스튬.

민소매에 목둘레선도 가슴께까지 파여 있고 배꼽도 드러나 있는 섹시한 타입이다.

그리고 치마도 짧다.

아까 뛰어올랐을 때 살짝 뜬 치마 아래로 프릴이 달린 하얀 속옷이 보였다.

속옷이 아니라 흔히들 말하는 언더스커트겠지만…… 솔직히 속옷으로밖에 안 보였다.

주위를 보니 남학생들의 시선은 못이 박힌 것처럼 고정되어 있었다. 무리도 아니다.

'오전 경기는 이걸로 끝. 오후도 힘낼 수 있도록 이 호시가오카 스텔라와 백군 치어리딩 팀이 잔뜩 응원해줄게!'

팀?

다시 폭발음이 울리고 스테이지 아래에서 열 명의 소녀가 튀어나왔다.

"우와……."

숨이 멎을 것만 같은 미소녀 군단이었다.

다양한 타입의 미소녀가 늘어서 있는 모습은 호화롭고 찬란해서 나도 모르게 넋을 잃고 보게…… 응?

그중에서도 가장 눈길을 끄는 사람이 있었다.

"리제르 선배?!"

그 리제르 선배가 섹시한 치어걸 코스튬을 입고 스테이지에 서 있다고?!

야무지고 의연한 얼굴은 살짝 기분이 나빠 보였다. 하지만 볼이 어렴풋이 빨간 게 누군가 부끄러운 일을 억지로 시켜서 하고 있는 것 같아서…… 뭔가 구미가 당겼다.

"레이나, 왜 리제르 선배가?"

"스텔라 씨에게 권유를 받은 것 같아요."

리제르 선배 옆에는 미야비. 이쪽은 태평하게 웃으면서 손을 흔들고 있었다.

다른 소녀들도 귀여운 타입, 미인 타입, 거유나 슬렌더 등, 개성이 풍부한 미소녀가 다 모여 있었다. 뒷줄에는 전에 스텔라에게 카드로 삼아달라며 어필한 고양이 같은 소녀도 있었다.

"리제르 선배와 미야비 선배 외에는 스텔라 씨의 카드인 것 같아요, 이에요."

"그렇구나…… 귀여움을 기준으로 골랐다고 할만하네……."

댄스 음악이 흐르자 스텔라 일행의 치어댄스가 시작되었다.

양손에 든 폼폼을 흔드는 모습은 귀여우면서도 아름다웠다.

어느 틈에 연습을 했는지 움직임도 일치했다.

그리고 아름다운 몸을 구부리고 선정적으로 허리를 돌렸다.

건강미가 느껴지고 요염하기도 한 춤이다.

일제히 팔을 드니 모두의 겨드랑이가 나란히 드러났다. 평소에는 못 보는 부분이라 묘하게 요염했다.

'YEAH! Go! GO! LET'S GO BAEKGUN!!'

전원이 일제히 뛰어올라 아름다운 육체가 약동했다.

모두 즐겁게 웃으면서 동작이 빠른 댄스를 소화해나갔다.

……리제르 선배만 무표정인 게 조금 재밌다.

그리고 다리를 번쩍 들어 올리니 다시 언더스커트가 보여서 가슴이 두근 하고 뛰었다.

스텔라는 폼폼을 던지고, 대신 마이크를 잡고 노래하기 시작했다.

그것은 몇 번이나 들은 적이 있는 스텔라의 히트곡이었다.

리듬이 좋아서 그만 춤추고 싶어졌다.

학생뿐만 아니라 일반 관람석에서도 환호성이 터져 나왔다.

스텔라가 팔을 뻗고 바라보기만 해도 모두 황홀한 표정을 지었다.

전에 스텔라가 말했었다── 자신은 노래나 춤으로 사람의 감정을 움직이고, 그것으로 인간에게서 에너지를 얻고 있다고.

하지만 마음을 빼앗기는 건 인간만이 아닌 듯했다. 난 학생석과 관람석을 둘러보고 호시가오카 스텔라의 무서움을 조금 이해한 것 같았다.

◇ ◇ ◇

나와 레이나는 리제르 선배와 미야비를 맞이하러 스테이지의 백야드로 향했다.

"수고하셨어요. 리제르 선배, 미야비."

"유우토…… 보고 있었구나."

코스튬을 숨기듯이 몸을 안고 부끄러운 듯이 몸을 배배 꼬는 리제르 선배가 정말 귀여웠다.

가까이에서 보는 리제르 선배의 치어걸 차림은 스테이지 위에 선 모습보다 몇 배나 더…… 육감적이다.

"난 어땠어? 유우토♥"

미야비는 포즈를 취하며 나에게 윙크했다.

"아아, 미야비도 좋았어. 근데 어느 틈에 연습 같은 걸 한 거야?"

"에헤헤, 그건 말이지――."

"아무도 모르게 준비를 하니까 서프라이즈인 거야★"

쇼의 주역, 호시가오카 스텔라가 왔다.

"어때? 리제르. 최고의 경험이었지?"

리제르 선배는 흐흥 하고 코로 웃는 스텔라에게 불쾌하게 대답했다.

"최악의 경험이었어."

"그래? 대호평이었잖아."

"정말이지…… 네 힘을 키우기 위해 날 이용하지 말았으면 좋겠어. 이런 일은 네가 자랑하는 카드들에게 시키면 되잖아."

"리제르를 내 백댄서로 쓸 수 있는 절호의 기회를 놓칠 리가 없잖아. 어때? 내 카드가 되는 것도 재밌을 것 같지 않아?"

"전혀. 두 번 다시 안 해. 이런 꼴로 사람들 앞에서 춤추다니…… 백군의 의무로서 어쩔 수 없이 참가했지만…… 치욕을 당했어."

"그렇지 않아요!"

나도 모르게 말이 튀어나오고 말았다.

"유우토?"

"아…… 죄송해요. 하지만 그런 모습의 리제르 선배도 멋지다고 생각해요!"

"어…… 그, 그래."

리제르 선배는 갑자기 침착함을 잃고 자꾸만 머리카락을 귀 위로 넘겼다. 입술 끄트머리도 살짝 올라가 있었다.

기분이 조금 풀렸으려나?

그런 생각을 하고 있으니, 옆을 지나가려고 하던 미소녀가,

"아, 수고했어~"

라며 가볍게 인사했다.

……사실은 아까 스테이지를 볼 때부터 의문을 품고 있었는데.

"루키, 왜 네가."

'저지먼트'의 마왕 후보, 코우마 루키. 여러 가지 의미에서 그 자리에 섞여 있는 건 이상하다.

"아하하, 그렇지. 적군인데…… 좀 그렇지."

"그거 이전에 신경을 써야 하는 점이 있는 것 같은데……."

분명 이 녀석은 남자일 텐데── 하지만 치어걸 차림이 잘 어울렸다.

확실히 가슴은 없지만 하얀 피부와 가는 손발도 그렇고, 귀여운 몸짓도 그렇고, 평범하게 슬렌더한 미소녀처럼 보인다. 분명 대부분의 관객이 남자라고는 알아차리지 못했을 것이다.

"사실은 스텔라 씨한테 권유를 받았는데…… 거절을 못 해서……."

"밀어붙이는 데 약한 것도 정도라는 게 있잖아……."

그러고 보니 밀어붙이는 데 가장 약할 것 같은 네이트가 없다.

"저기 스텔라. 네이트는 안 꼬드겼어?"

"제일 먼저 권유했어. 그치만 진심으로 싫어했는걸. 고유마법까지 써서 도망칠 줄은 몰랐어."

"고유마법…… 치어걸에서 도망치려고?"

그런 데 쓰는 것도 의외였지만, 네이트의 고유마법은 도망치는데 도움이 되는 능력인가. 모습을 숨긴다거나 하는 그런 건가?

"뭐, 억지로 내보내도 우두커니 서서 울기라도 하면 스테이지가 엉망이 되니까. 그런 점에서 리제르는 이상하게 착실하니까 도움이 돼."

"혹시 바보 취급한 거야?"

스텔라는 무서운 얼굴로 째려보는 리제르 선배에게 웃으며 대답했다.

"아니라니깐. 도움이 됐다구, 정말로★"

리제르 선배의 어깨를 통통 두드리며 윙크했다.

이렇게 보면 사이좋은 친구처럼 보이지만, 우리는 차기 마왕 자리를 두고 마왕 대전을 벌이는 적대관계에 있다.

이 스테이지 또한 스텔라가 마왕 대전을 유리하게 이끌어가기 위한 한 수. 그렇게 생각하는 게 타당할 것이다.

그러는 한편 도망만 치고 있다는 생각밖에 안 드는 녀석도 있다.

오후에는 그 소극적인 마왕 후보와 같은 경기에 나갈 예정이다.

이기고 지는 것보다 네이트가 제대로 경기에 참가할 수 있는지가 조금 걱정이 되었다.

마왕학원의
반역자

제5장

'데빌'VS'러버즈'

응원전도 득점 대상이었는지, 백군이 점수를 크게 올려서 역전.

백312 대 적305── 가 되었다.

덕분에 오후에 또다시 치열한 경쟁을 하게 될 것 같은 예감이 들었지만, 그 전에 도시락이다.

"유우! 수고했어~!"

히메가미 가의 프라이빗 룸에 방문하니 어머니가 맞아주었다.

"자자! 여기야 여기!"

이끌려서 간 곳은 교정을 한눈에 바라볼 수 있는 전망 좋은 발코니.

그곳에 돗자리를 깔고 도시락을 펼쳐두고 있었다.

방 안의 고즈넉한 설비와 가구와의 미스매치. 세련된 공간에 서민적인 분위기를 강제로 끌고 온 것 같았다.

"유우토 어머님의 도시락이구나! 근사해!"

……하지만 리제르 선배가 기뻐하는 것 같으니 문제없다.

주먹밥, 닭튀김, 새우튀김, 치쿠젠니, 달걀말이, 감자샐러드와 방울토마토, 아스파라거스 베이컨 말이 등등. 도시락통에 찬합에 밀폐용기와 집에 있는 식기를 총동원했다는 느낌이다. 운동을 해서 그런지 엄청나게 맛있어 보였다.

"자, 유우는 참치 주먹밥."

"오! 고마워, 엄마."

"흐음…… 유우토는 참치 주먹밥을 좋아하는구나."

그렇게 말하면서 리제르 선배의 눈이 뭔가를 찾는 것처럼 재빠르게 움직이고 있었다.

"자. 리제르. 문어 비엔나 3종 세트야."

"어머님!"

'리제르용'이라 적힌 밀폐용기를 정중하게 받아드는 선배. 이게 무슨 일인가. 우리의 퀸이 어머니에게 항복하고 말았다.

두렵도다, 문어 비엔나의 마력. 확실히 겉모습은 마물 같긴 하지. 외국에서는 문어가 마물의 상징이라고 하니.

"아~ 난 닭튀김이 좋아~ ♥"

미야비는 활짝 웃으면서 닭튀김을 입에 넣었다.

"음! 맛있어! 완전 내 취향이야!"

"잘 먹는구나, 미야비! 이건 양념이 달라! 한번 먹어봐!"

어머니가 다른 찬합을 건네니, 미야비는 끌어안고 먹기 시작했다.

"어이, 혼자서 다 먹을 생각이야?"

"이 정도는 여유인데?"

잘 먹는 녀석이구나…… 라는 생각을 하면서, 나도 손에 든 참치 주먹밥을 덥석 물었다.

응? 레이나의 뜨거운 시선이 느껴지는 건…… 기분 탓이 아니지?

뭔가 판결을 기다리는 피고와 같은 표정으로 치맛자락을 꼭 잡고 있었다.

레이나의 상태도 그렇지만, 나는 입속에서도 위화감을 느꼈다.

"이 주먹밥…… 맛있는데 평소랑 맛이 조금 다른데?"

"어머나, 눈치챘구나! 유우, 대단하네!"

"뭐야? 엄마 뭐 바꿨어?"

"아니야~, 그건 레이나가 만든 거야♪"

뭐?

레이나는 볼을 빨갛게 물들이고 바로 앞에 시선을 떨구고 있었다.

"그렇구나, 레이나가 도와줬구나. 맛있었어, 고마워."

"아, 아니에요…….".

레이나의 얼굴이 더 새빨개졌다. 하지만 입가는 느슨해져서 기쁨이 배어 나오고 있었다.

"하으…… 레이나는, 레이나는…… 에헤헤…….".

싱글싱글 웃으면서 물통에 든 차가운 차를 컵에 따랐다――하지만,

"레, 레이나? 넘친다, 넘쳐."

"에? 하와아아아아아아아아아아아아아아."

무릎 위에 성대하게 흘린 데다가 당황해서 내던진 컵이 자신의 머리에 착지. 레이나는 머리로 차가운 차를 뒤집어쓰고 말았다.

"괜찮아? 레이나."

"하, 하와왓! 죄, 죄송해요, 죄송해요!"

안정적인 덜렁이 스킬. 그래도 뜨거운 차가 아니라 정말 다행이다.

"레이나, 건너편에 내 실내복이 있으니까 옷 갈아입고 와. 사이즈는 크지만, 마를 때까지 좀 참아."

레이나는 리제르 선배의 배려에 몇 번이나 머리를 숙이고 주방으로 달려갔다.

"참, 레이나는 여전하구나."

나긋나긋한 미소를 짓는 리제르 선배는 마치 레이나의 언니 같았다.

아니, 레이나뿐만이 아니다. 나나 미야비에게 있어서도 의지할 수 있고 누구보다도 신뢰할 수 있는 누나다. 그 누나가 '어라?'라며 말했다.

"레이나도 참, 주방에 가서 어쩌려는 거지? 건너편 프라이빗 룸에 갈아입을 옷이 있는데."

"아, 제가 보고 올게요."

더 이상 리제르 선배를 귀찮게 해서는 안 된다. 나는 일어서서 발코니에서 방 안으로 들어가 주방을 향해 말을 걸었다.

"레이나?"

"유, 유우토 씨?!"

부엌 쪽에서 초조한 목소리가 들렸다.

"저, 저기 저기, 이건, 역시 리제르 선배는 어른이라고 해야 할지, 레이나에게는 아직 이르다고 해야 할지⋯⋯."

응? 선배는 건너편 방에 옷이 있다고 말했는데, 주방에도 갈아입을 옷이 있었나?

난 방을 가로질러 주방에 들어갔다.

"갈아입었으면 옷 말릴 거니까──."

"──햐."

"……."

나는 태어나서 처음으로 알몸 에이프런이라는 것을 생으로 봤
다.

등부터 엉덩이까지 다 드러나 있는 뒷모습. 허리에 묶은 하얀
리본.

황급히 이쪽으로 몸을 돌렸지만 자그마한 엉덩이가 눈에 새겨졌
다. 그리고 프릴을 넉넉하게 사용해 드레스 같은 에이프런 차림.

정면에서 보면 중요한 부분은 안 보여서 안심.

일 리가 없다. 가슴팍에서 어깨, 팔과 맨살이 다 드러나 있었
고, 하반신에도 바지나 치마의 자취가 없었다. 명백하게 에이프
런 외에 아무것도 안 걸치고 있었다.

"!!"

아니, 유일한 구원이 있었다.

양말을 신고 있다!

쓸데없이 에로하네!!

서로 몇 초간 바라본 후,

"흐햐아아아아아아아아아아아아아아아아아아아앗!!"

레이나가 혼을 토해내는 듯한 비명을 질렀다.

"무슨 일이야?! 레이나!!"

"누군가의 습격?!"

주방에 뛰어 들어온 리제르 선배와 미야비는 레이나의 모습을

본 순간 굳었다.

"설마, 이런 수를 쓰다니…… 레이나…… 무서운 아이야."

"잠깐! 치사해, 레이나! 저기 선배, 내 건?!"

"있을 리가 없잖아!"

리제르 선배는 발길을 돌려 갈아입을 옷을 가지러 뛰어갔다.

이래저래 여러 트러블도 있었지만 즐겁고 맛있는 도시락 시간이었다.

인간도 마족도 함께 즐겁게 지낸다.

서로가 서로를 존중하고 신뢰하며 친애하는 마음을 가진다.

이곳은 하나의 이상향이다.

온 세상이 이렇게 되면 좋을 텐데── 라며, 문득 생각했다.

◇ ◇ ◇

오후 경기가 시작되어 나와 미야비는 반의 학생석으로 돌아갔다.

"유우토는 오후에 뭐에 나가?"

"장애물 경기랑 최종 경기인 릴레이…… 마음이 좀 무겁지만."

릴레이는 발이 빠른 녀석에게 맡기고 싶었지만, 이 경기는 각 팀의 마왕 후보가 나가야 하는 릴레이다. 이름하여 '마왕 후보 릴레이'.

참고로 기권하거나 대주자에게 맡기면 묻지도 따지지도 않고 실격이라고 한다. 결석한 '행드맨'을 대신해 뛰는 것만은 인정되지만,

체육대회에 참가했는데 달리지 않는 것은 허용되지 않는다.

"마왕 후보니까 하는 수 없잖아. 걱정할 거 없어. '스트라이드'를 쓰면 괜찮을 거야!"

똑같은 마법으로 승부를 낸다면 마족이 한 수 위라고 생각하는 게 보통인데…….

억지로 달리게 하려는 이유는 현재 다섯 명밖에 참가하지 않은 마왕 후보가 빠지면 더는 마왕 후보 릴레이의 형태를 갖추지 못하기 때문일 것이다.

이 경기는 교장이 발안했다고 하는데 운영측도 실현하기 위해 필사적이었다.

미야비는 체육대회 팸플릿을 펼치더니 앗 하고 소리를 냈다.

"장애물 경기는 벌써 다음 다음 정도잖아."

"아, 그런가. 잠깐 갔다 올게."

집합 장소에 가려고 했는데 목이 마르다는 걸 깨달았다.

잠깐 물을 마시려고 수도가 있는 곳으로 가는 도중에 금색 머리칼로 한쪽 눈을 가린 갈색 피부의 소녀가 벤치에 앉아있었다.

저건…… 네이트?

어두운 표정으로 고개를 숙이고 있었다. 뭔가 곤란한 일이라도 있는 걸까?

"네이트, 안색이 안 좋은데 괜찮아?"

"아…… 유우토."

놀란 듯이 얼굴을 들더니 힘없는 미소를 지었다.

"응…… 괜찮아."

"이제 곧 장애물 경기야. 안 가도 괜찮아?"

그러자 다시 어두운 얼굴로 고개를 숙여버렸다.

나는 걱정돼서 그 옆에 앉았다. 그러자 네이트는 작게 중얼거렸다.

"……나가는 거, 그만둘까."

어?

"역시 어디 아픈 거야?"

잠깐 동안 양손으로 깍지를 끼고 꼼지락거렸지만, 이윽고 띄엄띄엄 말을 흘리기 시작했다.

"스포츠라면 괜찮지 않을까…… 싶었지만…… 역시 승패가 갈리는 건, 싫어…… 혼자서 하는 거라면, 괜찮지만."

"승패가 갈리는 게 싫다니, 지는 게 괴로운 거야?"

네이트는 고개를 절레절레 저었다.

"내가 지는 건 괜찮아. 이기면, 진 사람이 불쌍하고…… 엄청 적의를 품어. 그렇게 다른 사람을 기분 나쁘게 하는데다가 원망을 받을 바에는…… 차라리 지는 게 나아."

"네이트……."

"하지만 내가 지면 곤란한 사람이 있어. 그래서 어떡하면 좋을지, 알 수 없어서……."

이게 '채리엇'의 마왕 후보인가.

마족이라는 생각이 안 들 정도로—— 섬세하고 상냥하다.

"네이트는 상냥하구나."

"에…… 에엣?!"

깜짝 놀란 듯이 얼굴을 들어, 날 바라봤다.

"그런 게 아니라…… 난, 그저 마음 약하고…… 소심하고……
마왕 후보 같은 건 되고 싶지 않았는데."

"그래도 주위의 기대에 보답하고 싶다고 생각했지?"

"……그렇지는…… 그냥, 거절을 못 해서……."

네이트는 마왕 후보. 다시 말해서 내 적이다.

이 상태라면 그녀는 일찌감치 퇴장할 것이다. 그것은 나에게
있어서도 바람직한 일일 것이다.

그래도――,

"마왕 후보를 어떻게 하느냐는 제쳐두고 말이야, 오늘은 즐기자."

"……즐길 수 없어."

"그럼, 나랑 승부하자."

"?"

"나랑 네이트는 같은 레이스에 나가게 됐잖아? 그러니까 다른
주자는 먼저 보내고, 나랑 네이트 중 누가 이기는지 둘이서 승
부하는 거야."

"그, 그럴 수가…… 리제르의 마왕 후보를 꼴지나 꼴찌에서
두 번째로 만들다니……."

"난 져도 신경 안 쓰니까 사양 말고 승부해줘."

"져도…… 분하지 않아?"

"분하지. 그 순간에는 상대를 나쁘게 생각할지도 몰라. 그래
도 원망하거나 미워하지는 않아."

네이트는 놀란 듯한 표정으로 물어봤다.

"……어째서?"

"그건 자신의 힘이 부족했던 게 분하기 때문이야. 내가 진 상대는 나 자신에게 있어서 벽이자 목표인 거야. 그러니 힘낼 수 있고, 노력할 수 있어."

네이트는 입을 반쯤 열고 듣고 있었다.

"상대에게 이기는 것은 자신에게 이기는 것. 자신의 벽을 부수고 앞으로 나아갔다는 걸 기뻐하는 거야. 상대에게는 감사할 수밖에 없지. 상대에게 졌다고 해도 그 덕분에 알 수 있는 것, 깨닫는 것이 잔뜩 있어. 깨닫게 해준 것에 대해 감사하는 거야."

나는 멍하니 있는 네이트를 보고 웃었다.

"그러니까 난 걱정 안 해도 돼. 오히려 설렁설렁하면 바보 취급 당한 것 같아서 그게 더 화가 나."

똥그랗던 네이트의 한쪽 눈이 문득 가늘고 온화해졌다.

"상냥한 건 유우토야. 역시…… 리제르의 마왕님."

그러고 보니…… 아까 전부터 말투가 리제르 선배에게 친근감을 가지고 있는 듯한데?

"네이트는 리제르 선배와 아는 사이라고 해야 하나…… 친구야?"

"응. 그보다는, 소꿉친구…… 네 살 정도부터."

유치원 정도인가. 마계에 유치원이 있는지는 모르지만.

"리제르 선배는 어떤 아이였어?"

그러자 네이트는 후훗 하고 웃음을 흘렸다.

"무서웠어."

"어?"

"하지만 어느 때부터 착해졌어."

"그 말은…… 성격이 바뀌었다는 말이야?"

"계기가 뭐였는지 기억은 안 나지만…… 전에는 엄청 무서웠어. 마력도 크고 마법도 세서 다들 무서워했어."

"뭔가 골목대장 같네."

지금의 리제르 선배와 너무 달라서 조금 웃고 말았다.

"그런 느낌…… 이라기보다는 여왕님. 자기에게 거스르는 사람, 마음에 안 드는 사람은 철저하게 때려잡았어."

……진짜로?

"항상 눈매가 날카로웠고 표정도 얼음 같았어. 당시부터 어른스러운 미인이었으니까 더 무서웠지. 그리고 머리도 유별나게 좋아서 선생님이 주의를 시켜도 말로 선생님을 이겼어."

지금의 리제르 선배를 보면 상상도 안 됐다.

뭔가 충격적인 사실을 알아버린 느낌이었다. 이건 흑역사라고 봐야 하나?

그래도 뭐, 어릴 때 이야기니까. 흑역사는 지나친가.

"아, 그러고 보니."

네이트는 작게 손을 모았다.

"이런 일이 있었지…… 머드 마우스라고 진흙 몬스터가 있는데, 내가 그 몬스터의 둥지에 발을 잡혀서 빠져나갈 수 없게 된 적이 있었어. 끈끈한 진흙을 만드는 몬스터인데 진흙투성이가 돼서 꼼짝도 못 하게 돼버렸어."

네이트는 웃으면서 이야기하고 있었지만, 어릴 때는 분명 무서웠을 것이다.

"그래서 울고 있었더니── 리제르가 손을 내밀어줬어. 내가 '리제르도 진흙투성이가 될 건데?'라고 하니까, '씻으면 되잖아'라고 하면서 자기도 진흙 속으로 들어와서 구해줬어."

그건…… 내가 알고 있는 리제르 선배다.

"그전까지는 대단하지만 무서워서…… 별로 다가가고 싶지 않다고 생각했어. 하지만 그 일이 일어난 뒤에는…… 리제르가 좋아졌어."

그렇게 말하는 네이트의 표정은 정말 기뻐 보였다.

◇ ◇ ◇

그 후, 나는 네이트와 함께 장애물 경주의 집합 장소로 향했다.

우리는 가장 첫 번째 조였다.

실행위원이 장애물을 준비하는 것을 기다리면서 나와 네이트는 나란히 스타트라인에 섰다.

"안 봐줄 거야, 네이트."

"응…… 나도, 열심히 할게."

준비~, 하는 구호가 들린 뒤, 스타터가 가진 총이 빵 하고 파열음을 울렸다.

여덟 명의 학생이 일제히 출발.

다만 나와 네이트는 스타트라인에서 움직이지 않았다.

"왜 그러세요?! 출발이라구요, 네이트 씨!"

스타터를 맡은 실행위원이 말을 걸었지만 우리는 그대로 가만히 있었다.

객석에서는 술렁거리는 동요가 전해져왔다. 리제르 선배와 미야비도 걱정스러운 표정으로 바라보고 있었다.

다른 주자가 직선 코스를 지나 코너를 돌기 시작했을 때, 나와 네이트는 서로를 바라봤다.

"간다, 네이트!"

"응!"

나와 네이트는 지금 둘만의 스타트를 끊었다.

"아닛⋯⋯?!"

하지만 네이트에게 순식간에 추월당했다.

네이트는 그대로 첫 번째 장애물인 평균대에 뛰어 올라갔다. 너비 십몇 센티의 가는 외나무다리 위를 속도를 떨어뜨리지 않고 달려갔다.

젠장⋯⋯ 일반적인 신체 능력도 좋잖아!

뒤늦게 평균대를 다 건넌 나는 '스트라이드' 마법을 발동했다.

다시 네이트와 나란히 서니, 네이트가 나를 보고 미소 지었다.

여유 있네── 아니. 어느 쪽인지 따지면 같이 달리는 게 즐겁다는 얼굴로 보였다.

높이 2미터의 벽이 앞을 가로막았다.

점프해서 손을 걸쳐 몸을 끌어올렸다.

하지만 그때는 이미 네이트가 장애물을 뛰어넘고 있었다.

또 거리가 벌어진다!

구르듯이 뛰어내려 다음 장애물인 터널로 향했다. 길이 1미터 정도의 플라스틱제 파이프. 그곳을 슬라이딩해서 한 번에 빠져나왔다.

네이트는 다음 장애물인 그물 아래에서 빠져나와 다시 달리기 시작했다.

젠장! 꽤나 뒤처지고 있네!!

나는 초조한 마음으로 코스 위에 깔린 그물에 머리를 집어넣었다. 튼튼한 끈으로 엮인 가로세로 5미터의 그물이다. 나는 엉거주춤한 자세로 그물을 들어 올리면서 나아가--,

"으악?!"

갑자기 온몸이 저렸다. 손발이 움직이지 않게 되어 땅에 쓰러졌다.

이건……! 그물에 전격 마법을 흘리고 있다고?!

"이 정도쯤은…… 얕보지 마라--?!"

일어서려고 땅에 손을 짚었다. 짚은 손이 땅으로 푹 가라앉았다.

"뭐?!"

내 몸 아래에 검은 늪이 펼쳐져 있었다.

"뭐…… 뭐야 이건?!"

마키라는 애가 끌려 들어간 늪과 똑같다.

'해석…… 이것은 마계로 통하는 게이트로 추측.'

역시……?!

'경고. 인간이 그대로 떨어지면 목숨을 잃습니다.'

"뭣……?!

담백한 아르카나의 대답을 들으니 등골이 오싹했다.

손을 빼려고 다리에 힘을 주니, 이번에는 다리가 빠졌다. 그리고 하반신이 완전히 늪으로 사라졌다.

"후후후, 꼴사납네."

가까이에 서 있던 실행위원 학생이 날 내려다보며 웃고 있었다.

"네 짓이냐?!"

"내가 아냐. 어떤 분의 지시야. 난 그분에게 모든 것을 바치고 있어."

──이비자의…… 사주다!!

그럼 이 녀석도 이비자의 카드인가?!

젠장! 꼭 끈끈한 진흙처럼 손발에 달라붙어서 움직일 수 없다.

아까 네이트에게 들은 어릴 적 이야기가 머리를 스쳤다.

"유우토!"

네이트?!

실행위원은 코스를 역주행해서 온 네이트를 보고 놀란 얼굴을 했다.

"아니, 왜 그러시나요. 네이트 님?!"

"그, 그보다, 이건……?"

"아아, 이 인간이라면 신경 쓰지 마세요. 꼴사나운 최하위, 아니, 완주조차 하지 못한 쓰레기로 처리해 둘 테니."

"쓰레기라니……."

네이트의 얼굴이 놀라움과 슬픔으로 일그러졌다.

그사이에도 내 몸은 가라앉아 갔다. 끈끈한 진흙은 무거웠고, 가라앉은 손발은 전혀 움직일 수 없었다.

벌써 가슴 근처까지!

뭔가, 뭔가, 마법으로 탈출을……!내가 필사적으로 발버둥치고 있는 사이에 네이트는 필사적인 설득을 이어나갔다.

"우, 우리 중 한 명이 최하위가 될 테니까, 그걸로 괜찮지?"

"인간 따위가 마족과 똑같은 싸움판 위에서 겨루는 것 자체가 허용이 안 된다고요. 이 녀석들에게 그럴 자격은 없어요."

제, 젠장…… 그물의 전류 때문에 몸이 저려서 마술식을 만들 수 없어!

네이트는 새파란 얼굴로 날 바라봤다.

"그, 그치만, 유우토……."

"네이트…… 괘, 괜찮으니까, 가……."

"유우토?!"

"아직, 승부는…… 안 끝났, 으니까."

"에……."

"난 마지막까지 포기――."

입까지 늪에 빠졌다. 이제 아무것도 전할 수 없다.

네이트는 그런 나를 보고 표정을 바꿨다.

인상을 쓰고 입술을 깨물었다.

그것은 처음 보는 네이트가 화내고 분해하는 표정이었다.

"……유우토는, 착하고, 좋은 사람이에요."

"네? 무슨 소릴 하는 건가요? 그보다 빨리———."

"그런데 인간이라는 이유로 이렇게 대하다니! 너무해요!"

네이트의 내면에서 방대한 마력이 불어나는 것을 느꼈다.

"네, 네이트, 님?"

실행위원이 당황스러운 목소리를 내며 뒷걸음질 쳤다.

"이번에는 제가 구할 차례예요!!"

한쪽만 보이는 눈동자가 파랗게 빛났다.

"'탑 러너'!!"

다음 순간, 난 늪에서 겨우 나와 있는 눈으로 봤다.

거대하고 정밀한 마법진이 구축되어 가는 것을.

저건…… 대체, 뭐지?!

그 마법진은 잇따라서 공간에 물질을 생성해 나갔다.

마력을 물질화해서 부품을 만들어내고 있는 건가?!

만들어진 바퀴가, 장갑이, 창이, 스스로의 의지를 가지고 있는 것처럼 움직여 조립되어 갔다.

그것은 말하자면, 물질화된 고유마법. 그리고 그 모습은———,

"히이야아아아아아아악?!"

실행위원이 기겁을 하며 엉덩방아를 찧었다.

"이…… 이건…… 모든 것을 유린하고 지나간 뒤에는 아무것도 남지 않는다는……."

그리고 버둥버둥 땅을 기면서 필사적으로 도망치기 시작했다.

나도 나타난 물체의 위용에 겁먹고 떨고 있었다.

아르카나에게 물어볼 것도 없었다. 본능이 그 위험함을 감지하고 있었다.

──그 전차에.

저건…… 네이트의 고유마법.

그것은 먼 옛날의 기마 전차.

고대 로마나 이집트 시대의 전차였다.

다만 전차를 끄는 것은 말이 아니었다. 가면을 쓴 괴이한 스핑크스였다.

까맣고 하얀 두 마리의 스핑크스가 끄는 것은 호화찬란한 황금 마차. 두꺼운 장갑을 자랑하며 창과 보우건으로 무장한 전투용 수레다.

그리고 스핑크스의 고삐를 쥐는 자는 물론 네이트 · 카르낙이다.

──'채리엇'의 마왕 후보.

"핫!"

고삐를 채치니 스핑크스가 달리기 시작했다. 네이트가 탄 전차가 다가왔다.

안 돼! 네이트까지 전격과 늪 마법에 당한다!

하지만 입까지 파묻혀있어서 목소리를 낼 수 없었다.

"베어내라!!"

네이트가 소리치니 전차는 그대로 그물 안으로 돌격했다. 전격 마법을 발하는 그물을 눈 하나 깜짝하지 않고 찢으며 땅에서 뜯어냈다.

"뭐……."

지나간 전차가 유턴해서 돌아온다. 그리고——,

"유우토!!"

네이트가 수레에서 몸을 내밀어 손을 뻗었다.

젠장…… 어떻게든, 손을!

'맥시마이즈'!!

난 혼신의 힘을 다해 늪에서 오른팔을 빼냈다.

빼낸 순간, 그 손목을 네이트가 붙잡았다.

"으엇?!"

다음 순간, 엄청난 가속도가 내 몸을 늪에서 뽑아냈다. 그리고 네이트는 그대로 한손으로 내 몸을 끌어올렸다.

"네, 네이트……."

"꽉 잡아요! 달릴 테니까 나가떨어지지 마요!"

"아…… 알았어!"

나는 황급히 전면의 장갑을 붙잡았다. 전차는 가속하더니 순식간에 코너를 빠져나갔다. 하지만 앞에는 수많은 장애물이 있다. 깊이 파낸 구멍이나 높은 벽, 견고한 울타리 등이 기다리고 있다.

하지만——,

"차서 날려버려!!"

네이트가 명령하니 전차는 속도를 전혀 떨어뜨리지 않고 장애

물들을 전부 날려버렸다.

"굉장하네……."

이 무슨 파괴력인가.

앞을 달리는 학생의 뒷모습이 보였다.

네이트의 입가에 어렴풋이 미소가 떠올랐다.

"그 누구든 간에…… 제 앞을 달리게 두지 않아요!"

"……."

뭔가 인격이 바뀐 것 같은데.

네이트가 고삐를 내려치며 물결치게 하니 스핑크스의 등에서 날카로운 소리가 울렸다.

"으어엇?!"

부스트가 걸린 것처럼 가속해서 장애물을 분쇄하면서 다른 학생을 앞질렀다.

"……저건?!"

골 앞에 엄청난 숫자의 마물이 기다리고 있었다.

선두 집단이 싸우고 있었지만 돌파하는 게 어려운지 발이 묶여있었다.

먼저 간 학생이 아직 골을 하지 않았다는 건 아무래도 이상하다 싶었는데…… 그런 거였나.

"네이트! 큰일이야!!"

하지만 네이트는 미소를 띠며,

"이 전차를 멈출 수 있는 자는 없습니다!!"

다시 한번 스핑크스에게 채찍질했다.

"잠깐만……?!"

가속도를 올려 마물의 대군을 향해 돌격해 갔다.

"하아아아아아아아아아아아아아아아아아아아아아아아앗!!"

"우와아아아아아아아아아아아아아아아아아아아아아아앗?!"

마물 무리를 양쪽으로 갈랐다.

들이받은 마물이 하늘을 날았다.

걷어차고 짓밟으며 일체의 용서도 없이, 일체의 망설임도 없이 일직선으로 돌파했다.

그리고,

관객석에서 첫 번째로 골인한 네이트를 향한 떠나갈 듯한 박수와 환호성이 터져 나왔다.

나도 당당한 승자에게 축사를 전했다.

"네이트, 축하해! 평소랑 다른 모습에는 조금 놀랐지만."

"어…… 헉! 나, 나도 참?!"

제정신으로 돌아왔는지 당황한 표정을 짓고는 불안에 떨며 주위를 둘러봤다.

"네이트 님~! 멋져요~!!"

"엄청 빠르구만! 멋있었다고!"

승자를 기리는 목소리가 360도 전 방위에서 쏟아졌다.

네이트는 새빨개진 볼을 식히듯이 양손으로 얼굴을 감쌌다.

"난, 그저…… 유우토를 구해야 한다고 생각해서…… 나도 모르게 그만."

"그래. 덕분에 살았어. 그리고 좋은 승부였어. 고마워."

"유우토……."

눈물을 글썽이는 눈으로 미소 짓는 네이트에게서 번민의 그림자가 조금 걷힌 듯한 느낌이 들었다.

◇ ◇ ◇

그리하여 장애물 경주는 네이트가 1위. 역대 가장 빠른 타임도 기록했다.

그리고 나는…… 실격.

네이트의 전차를 얻어 타기만 했다나…… 뭐, 확실히 그렇긴 했다.

골 지점에서 자기 자리로 돌아가려고 하니,

"무슨 짓을 하는 거야, 넌!"

호시가오카 스텔라가 팔짱을 끼고 앞을 막아섰다.

"미, 미안, 스텔라. 마지막 릴레이에서 만회할게."

"당연하지! 이 몸도 나간다구? 형편없는 레이스를 하면 죽음의 별을 선물해줄 거야!"

그게 뭐냐? 라는 생각을 했지만 물어보면 화만 더 살 것 같아서 조용히 있었다.

그리고 나 대신 머리를 꾸벅꾸벅 숙이는 네이트.

"미, 미안해. 내가 쓸데없는 짓을 해버려서……."

"아~ 이제 됐어. 그 대신, 마지막 릴레이는 잘 해줘. 내가 앵커니까 적당한 페이스로 달려서 극적인 장면을 연출하는 거야.

알겠지, 네이트?"

"으, 응. 알았어."

그리고 다음으로 스텔라는 나를 딱 가리켰다.

"뭐, 너한테는 기대 안 하고 있으니까 어떻게 하든 상관없어. 첫 번째 주자니까 가능한 한 늦게 들어와. 어차피 나중에 네이트가 만회할 거니까. 하지만 만회할 수 없을 정도로 늦으면 죽여버릴 거야."

"아, 알겠어!"

그리고 다시 네이트를 가리켰다.

"그리고 네이트도! 너무 크게 앞지르는 건 안 돼! 조금만 더 하면 1등을 따라잡을 수 있을 만한 시점에 나한테 배턴을 넘기는 거야!"

그때 스텔라는 화려하게 포즈를 취했다.

"그리고 내가 접전에서 이기고 골인! 이런 시나리오야★"

나는 그 플롯을 따라 열심히 하겠다는 맹세를 하고 나서야 겨우 풀려났다.

스텔라와 네이트가 떠나자 리제르 선배와 미야비가 왔다.

"고생했어, 유우토."

"엄청 재밌었어! 분위기도 완전 뜨거웠고!"

"그렇게 말해주니 구원받은 것 같네. 고마워."

"뭐~ 그래도 실격한 건 아하하하 라는 느낌이지만!"

그건 쓸데없는 소리다. 히죽거리면서 말하지 마.

그런 미야비와는 대조적으로 리제르 선배는 나를 뜨거운 시선으로 바라보고 있었다.

"네이트 일은 고마워."

"아뇨, 전 딱히……."

하지만 리제르 선배는 모든 것을 알고 있다는 듯이 미소 지었다. 마치 성모의 미소 같았다. 이런 리제르 선배도 마족…… 악마구나.

마족은 이기적인 생물이라고 하지만 리제르 선배를 보고 있으면 그렇기만 한 건 아니라는 생각이 들었다.

네이트가 가르쳐준 어릴 적의 선배가 더 순수한 악마 같다는 느낌이 들었다.

"그러고 보니, 선배는 어릴 적에는 엄청 무서웠죠?"

살짝 장난기가 생겨서 그렇게 물어봤다.

또 당황한 선배를 볼 수 있을지도 모른다.

"……뭐?"

하지만 리제르 선배는 눈을 휘둥그레 뜨고 굳었다.

"유우토? 너……."

리제르 선배의 상태가 뭔가 이상하다.

나, 뭔가 해서는 안 될 말을 한 건가?

리제르 선배의 건드려서는 안 될 부분을 건드렸나?!

"아, 그러니까! 죄송해요! 네이트한테 들었어요. 어릴 적의 선배는 조금 무서웠다면서요."

리제르 선배의 어깨에서 힘이 빠진 듯한 느낌이 들었다.

"아아, 그런 거구나……."

그리고 조금 부끄러운 듯이 눈살을 찌푸렸다.

"네이트도 참…… 나한테는 흑역사라고나 할까, 젊은 혈기의 소치라고나 할까…… 우쭐해져 있었어. 자신이 세상에서 제일 잘났다고 믿고 있었지. 부끄러워."

"죄송해요. 멋대로 과거를 들춰내는 짓을……."

미안한 생각은 들었지만…… 부끄러워하는 선배는 역시 귀여웠다.

"흠~ 난 선배의 어릴 적에 관심이 있는데~. 저기, 유우토. 좀더 팍팍 가보자."

"이봐요…… 본인이 싫어하잖아."

"어라?"

착신이 있었는지 미야비는 블루머에 끼워뒀던 스마트폰을 꺼내 화면을 봤다.

그 옆모습은 놀라움과 긴장이 느껴졌다.

"미야비?"

"자, 잠깐…… 나 자리 좀 비울게."

얼버무리듯이 웃고는 총총 떠나갔다.

……뭔가 낌새가 이상한데?

미야비의 모습이 인파 저편으로 사라진 뒤, 스마트폰을 바라보던 미야비의 표정을 떠올렸다.

뭔가 보통 일이 아닌 눈치였다.

……역시 신경 쓰인다.

나는 선배에게 잠깐 화장실에 간다고 둘러대고 미야비를 쫓았다.

◇ ◇ ◇

미야비의 모습을 찾아서 인파를 헤치고 나아가니 금발 트윈테일의 뒷모습이 보였다.

"어~이, 미야비!"

"유우토?"

미야비가 걸음을 멈추고 뒤돌아봤다. 그 표정은 역시 그늘져 있었다.

"무슨 일 있어?"

"어…… 응…… ."

미야비는 말할지 말지 고민하는 눈치였지만,

"유우토라면 괜찮나…… 다른 사람한테는 비밀이야? 사실은…… 레베카가 상담하고 싶은 일이 있어서 둘이서만 만나고 싶대."

"레베카가?"

이비자가 데리고 있던 여자 중 한 명. 예전에 미야비의 부하였던 귀족이다.

미야비는 스마트폰을 꺼내서 아까 받은 SNS 메시지를 보면서 중얼거리듯이 말했다.

"혼자서 학교 뒤편으로 와줬으면 좋겠대. 이비자에게 조종당했지만, 제정신으로 돌아왔대. 하지만 지금까지 한 일을 생각하면 다른 사람에게는 말할 수 없고 무서워서 어떡하면 좋을지 모르겠으니까 도와달라고…….”

제정신으로 돌아왔다?

그건, 기가라 대신 마키가 정신을 차린 것처럼?

그렇다면…… 레베카도 마키와 마찬가지로 마계에서 마중을 나왔나? 하지만 아직 마계로 보내지진 않았는데.

뭔가…… 납득이 안 된다.

“미야비, 조심하는 게 좋을 거야.”

“응. 하지만…… 내버려 둘 순 없어.”

미야비…… 그만큼 당했는데, 너란 녀석은…….

“알았어. 나도 같이 갈게.”

“응…… 고마워.”

우리는 학교 뒤편으로 향했다.

체육대회로 많은 사람이 몰린 것 치고는 학교 뒤편 근처에는 사람이 전혀 없었다.

마치 모두 의식해서 피하는 것 같았다.

학교 뒤편에 도착하니, 그곳에는 레베카가 기다리고 있었다.

“미야비! 와줬구나!”

“레베카…….”

나도 달리기 시작한 미야비의 뒤를 쫓았다.

“저기, 레베카. 대체——.”

조금만 더—— 가면 되는 지점에서,

‘경고. 바로 아래에 마술식 반응 있음.“

——뭐야?!

우리의 발아래에 마법진이 나타났다.

"도망쳐! 미야비!!"

"어——."

하지만 늦었다. 마법진의 빛이 강해지고 나도 미야비도 그 자리에 무릎을 꿇었다.

"큭…… 뭐야, 이건?!"

강렬한 현기증이 느껴져 일어설 수 없었다.

"머…… 머리가, 어질어질해…… 레, 레베카, 괜찮——."

레베카는 미야비를 내려다보며 차가운 웃음을 띠었다.

"믿었구나? 정말 모자라네."

"이럴…… 수가."

이 자식……!!

"큭…… 아르카나, 이 마법은 뭐야?!"

'해석…… 사전에 지면에 설치한 의식 마법. 타겟이 마법진에 들어온 순간에 발동, 평형감각과 판단력을 빼앗는다. 사방에 기동용 주물이 있음.'

마법진 주위를 보니 살짝 솟아오른 부분이 네 곳 있었다.

——저건가!

현기증이 나서 의식을 집중하기 어려웠다. 하지만 초급 마법이라면!

"'디토네이트'!!"

폭발계 초급 마법을 4연격. 땅 네 곳의 흙이 작게 파열됐다.

"이, 이 녀석?!"

레베카는 얄밉다는 듯이 날 쩨려봤지만, 경계하듯이 뒤로 물러나 거리를 뒀다.

나는 후들거리는 다리를 잡고 어떻게든 일어났다.

"미야비! 괜찮아?!"

"으, 응…… 이제 괜찮아."

미야비도 머리를 누르며 일어나 난처한 눈길로 레베카를 바라봤다.

"레베카…… 어떻게 된 거야?"

"흥…… 체육대회에 주의가 팔려있는 사이에 널 잡아서 이비자 님께 바치려고 했는데……."

말을 끊고 눈을 번뜩이며 나를 노려봤다.

"그쪽 마왕 후보까지 따라오다니…… 역시 아까 처리를 못 한 게 뼈아프네."

"장애물 경주 때의 함정은 역시 너희들 짓이었냐!"

"당연하지. 우리들 이비자 님의 카드는 이비자 님이 기뻐하는 일을 해. 지금 가장 기뻐하실 일은 미야비를 이비자 님께 바치는 것. 넌 그 일을 하는데 방해만 될 뿐이야."

"왜 그래?! 난 레베카를 걱정해서 왔는데!"

"그래서 어리석은 거야…… 넌."

레베카는 바보 취급 하듯이 웃었다.

"마음속으로는 널 계속 깔보고 있었어. 유우가오제 가에서 태어났다는 사실만으로 거들먹거리기나 하고. 왜 내가 너보다 지위가 낮은 거야!"

미야비는 쇼크를 받은 것처럼 멍하니 서 있었다.

"그때 이비자 님께서 날 인도해주셨어. 어떡하면 유우가오제를 밀어내고 위로 올라갈 수 있는지. 나와 이비자 님의 사랑과 인연이 널 끌어내린 거야. 난 내가 가진 모든 것을 이비자 님께 바쳤어. 그것이야말로 사랑과 신뢰의 증표지."

미야비는 황홀한 얼굴로 이야기하는 레베카를 보고 더는 참을 수 없다는 듯이 외쳤다.

"그만해! 마키를 봤잖아?! 그 녀석은 너희를 아무것도 아닌 것처럼 여기고 있어! 일회용 도구 정도로밖에 안 보고 있다고! 사랑할 리가 없잖아! 왜 그런 걸 모르는 거야?!"

"멋대로 말하지 마!!"

레베카가 귀신 같은 얼굴로 소리쳤다.

"그 사람은 날 사랑하고 있어! 난 알 수 있어!"

"마키처럼 돼도 좋은 거야?!"

"좋아."

"……?!"

레베카는 도취된 표정으로 대답했다.

"그 사람을 돕기 위해서라면. 그걸로 그 사람이 기뻐한다면, 날 사랑해준다면, 이 몸이 어떻게 돼도 상관없어."

어디선가 박수가 들려왔다.

"이야~ 감동했어! 정말 최고야, 레베카는! 정말 완전 최고야!!"

교사 그늘에서 경박한 남자가 모습을 드러냈다.

——미츠이시 이비자!

이비자는 가벼운 발걸음으로 다가와 레베카의 어깨를 안았다.

"미안해요, 저 녀석이 같이 와버려서 계획이……."

"괜찮아, 괜찮아! 레베카가 열심히 해준 건 알고 있으니까! 엄청 감사하고 있어! 정말 진짜로."

"이비자……."

레베카는 볼을 물들이고 이비자를 바라봤다. 그 얼굴은 평범한 사랑에 빠진 소녀와 같아서 우리에게 보여주는 표정과는 정반대였다.

레베카도 아마 피해자 중 한 명일 것이다. 진정으로 쓰러뜨려야 하는 건——,

"이비자! 체육대회가 끝날 때까지는 휴전하는 거 아니었냐?!"

"뭐~ 너 무슨 소리 하는 거야?"

이비자는 입술 한쪽을 올리며 웃었다.

"서로 적인데 약속 같은 소리 하니까 웃기네. 평화에 찌들어서 머리가 어떻게 된 거야? 이길 수 있는 찬스가 있다면 그딴 건 상관없잖아. 이긴 쪽이 정의니까 말이야."

"아니! 서로 적이라고 해도 약속은 약속이다! 넌 신뢰를 저버렸을 뿐이다!"

"그~러~니~까, 그게 바보라는 거야. 왜 적을 믿는 거야? 머리 나쁘네."

"교활한 걸 머리가 좋은 걸로 착각하지 말라고!"

"정말 인간은 구제할 길이 없는 바보구나. 머리가 좋으니까 교활한 거잖아."

무슨 말을 해도 이비자는 들어먹질 않는다.

이비자는 나를 더욱더 바보 취급하듯이 말했다.

"너한테는 흥미 없지만, 지금 적군이 살짝 불리하잖아? 차기 마왕으로서 체육대회에서 졌다는 실적을 남길 수는 없어서 말이야. 마침 득점 경쟁도 하고 있으니까, 널 마왕 후보 릴레이에서 결장시켜서 실격시킬 생각이야."

"이 자식……."

"덤으로 마왕 후보 중 한 명도 죽일 수 있지. 그렇게 되면 체육대회의 MVP도 내 차지! 이건 최고야! 완전 최고 아냐?!"

레베카도 신나서 떠드는 이비자를 보고 즐겁게 웃었다.

"응, 멋져! 머리 좋고 행동력도 있어서 대단해, 이비자."

이비자도 아양 떨듯이 안기는 레베카에게 환하게 웃어줬다.

"그런데 말이야 레베카. 슬슬 마중도 나올 때가 됐으니까 그 목줄을 돌려주지 않을래?"

레베카는 어리둥절한 표정을 지었다.

"……목줄? 무슨 소리야?"

"아니~, 그걸 목에 단 채로 마계로 가버리면 회수할 수 없으니 말이야. 그럼."

이비자의 눈동자가 빨갛게 빛나자 내 등줄기에 한기가 뻗쳤다.

──이 느낌은?!

이비자가 고유마법을 쓰고 있다!

"……어라?"

레베카가 지금 막 정신을 차린 듯한 표정을 짓고 있었다.

"어라, 나…… 어라? 이비자를, 사랑하고…… 있지?"

그렇게 중얼거린 순간, 레베카의 발치에 검은 늪이 펼쳐졌다.

그리고 거기서 기분 나쁜 팔이 쑥 뻗어 나와 레베카의 발목을 잡았다.

"힉?! 시, 싫어어어어어!!"

"하하하, 무서워할 필요는 없어! 아까 전에는 나를 향한 사랑을 위해서라면 어떻게 돼도 좋다고 했잖아!"

"어? 어어…… 근데, 사, 사랑? 왜 내가 이런 녀석을…… 좋아했던 거야?"

레베카의 몸이 가라앉기 시작했다.

"힉! 그, 그만!!"

"레베카?!"

미야비의 목소리를 알아차리고 필사적인 표정으로 미야비를 봤다.

"미, 미야비! 미야비 님! 도와줘요! 저, 저는!!"

"아하하하, 이제 와서 가식 떨어도 늦은 거 아냐? 네 본심은 아까 전에 실컷 말했잖아. 그건 틀림없는 네 본심이야. 네가 뱉은 말이잖아!"

"그, 그건…… 좋아하는 사람을 위해서라고, 그러기 위해서라면 뭐든…… 아, 아냐, 좋아하는 게, 왜, 왜 내가, 이런 녀석을 위해서——."

레베카는 얼굴을 일그러뜨리고 눈물을 흘렸다.

"싫어어어어어어어어어어어어어어어! 그만둬어어어어! 노

예 따위는 되고 싶지 않아! 살려줘! 싫어! 노예 따위느으으은!!
왜 내가 이런 꼴을 겪는 거야아아아!!"

"레베카!!"

미야비가 달려가려고 한 것과 동시에 레베카의 몸은 검은 늪
으로 끌려들어 갔다.

"아니……."

레베카도, 검은 늪도, 이미 사라져 있었다.

"레, 레베카…… 이럴 수가……."

미야비는 무릎을 꿇고 떨었다. 눈에는 눈물이 넘쳤고 입에서
는 통곡이 터져 나왔다.

"아, 아, 아아아아아아 싫어어어어어어어어어어어어어어!!"

"미야비……?!"

그 순간, 극도의 오한이 내 등골을 스쳐지나갔다.

──이건?!

"아……."

미야비의 등이 곧게 펴졌다.

"……어라?"

미야비의 상태가 이상하다.

그때 아르카나의 목소리가 머릿속에 울렸다.

'경고, 〈〈프린세스〉〉 카드에 심각한 장애가 발생.'

설마──?!

난 허리를 굽히고 미야비의 뒤로 다가갔다.

"괜찮아? 미야──."

"아! 미야비 위험해!! 뒤!!"

——어?

이비자가 긴박한 목소리를 냈고, 그에 반응한 미야비가,

"하앗!!"

뒤돌아보면서 주먹을 휘둘렀다.

"으악?!"

충격이 가슴을 꿰뚫었다.

풍경이 회전하고 몸 여기저기에 격통이 일었다. 땅에 튕기고 몇 미터를 미끄러진 뒤에야 겨우 멈췄다.

갈비뼈가 삐걱거렸고 폐 속의 산소가 전부 입을 통해 빠져나갔다.

"끄으…… 하…… 웃……."

'맥시마이즈'를 사용한…… 피할 수 없는 깔끔한 일격…….

젠장…… 가슴이 아파…… 큭, 수, 숨이……!

"앗?! 유, 유우토?! 미, 미안!!"

이비자는 안색을 바꾼 미야비에게 해맑게 말을 걸었다.

"아하하하, 그런 녀석을 걱정할 필요 없어."

"그, 그런 녀석이라니!"

"그야 미야비—— 날 좋아하잖아?"

미야비의 얼굴이 새빨갛게 물들어갔다.

"그, 그건……."

미야비…… 역시, 이비자의 고유마법에!!

"그, 그치만…… 난, 유우토도 좋아하는데——."

짝 하고—— 메마른 소리가 울렸다.

미야비의 얼굴이 옆으로 돌아가 있었다.

볼이 빨갛게 붓고 입술에서 피가 흘렀다.

이비자가 미야비의 얼굴을 힘껏 때린 것이다.

"아……."

미야비는 멍하니 떨리는 손끝으로 자신의 볼을 만지려고 했다.

"미야비, 좋아하는 사람을 위해서라면 뭐든 해줄 수 있지? 날 위해서라면 모든 걸 허용해줄 수 있지? 사랑을 위해서라면 세상도 적으로 돌릴 수 있지?"

"그, 그건……."

이비자는 한 번 더 미야비의 볼을 때렸다. 파열음이 울리고 미야비의 얼굴이 반대쪽을 향했다.

"그만둬! 이비자아아아아아아!!"

나는 일어섰다. 하지만 가슴에 격통이 일어나 외치는 것만으로도 정신이 아득해졌다.

갈비뼈가 부러져있을지도 모른다.

……내장에 찔리지 않았기를 비는 수밖에 없다.

"미야비한테 손대지 마라! 이비자!!"

"왜 그러시나 전 남친? 미야비는 지금은 내 것이니까…… 아! 그래, 좋은 생각났다!!"

이비자는 볼을 만지는 미야비의 어깨를 안았다.

"미야비, 저 녀석을 죽여줘."

"……어?!"

크게 당황한 눈동자가 이비자를 올려다봤다.

"저 녀석이 안 죽으면 내가 파멸해. 미야비와의 미래가 사라져버린다구."

"파멸…… 미래…….""

"도와줘, 미야비. 날 구해줘."

미야비는 진땀을 흘리면서 망설이고 있었다.

"그, 그치만…… 난, 유우토의…… 카드."

그 말에 이비자의 눈썹이 움찔했다.

"이봐 이봐, 지금은 내 카드잖아? 정신 차려 미야비."

하지만 미야비는 혼란에 빠진 것처럼 가만히 서 있었다.

이게…… 무슨 일이지?

……확실히 그냥 조종당하고 있는 게 아니었다. 미야비는 본인의 의지를 유지하고 있었다.

그러고 보니…… 교장실에서 간도 교장과 이야기했을 때,

최면으로 조종하고 있는 게 아닌가, 라고 말한 나에게 교장은──,

'비슷하긴 하지만, 근본이 달라.'

그리고 이비자 본인이 한 그 말.

'아하하하, 이제 와서 가식 떨어도 늦은 거 아냐? 네 본심은 아까 전에 실컷 말했잖아. 그건 틀림없는 네 본심이야. 네가 뱉은 말이잖아!'

그게 사실이라면……?

그렇다면 뭐가 다르지? 뭐가 변했지?

이비자는 미야비의 귓가에 간사한 목소리를 내고 있었다.

"괜찮잖아. 저 녀석이 죽으면 내 카드로 삼아줄 테니까. 나에 대한 사랑을 위해서 말이야, 저 녀석을…… 죽여줘."

──사랑.

미야비는 마음속의 갈등을 나타내는 것처럼 눈물을 글썽이며 떨고 있었다.

"그치만…… 그치만……."

"나 참, 답답하네. 이렇게 저항하는 놈은 처음인데…… 혹시 인간처럼 배려라던가 윤리라던가 하는 시시한 것에 얽매여있는 거야?"

"에…… 무슨 소리야?"

미야비는 식은땀을 흘리면서 불안한 듯이 올려봤다.

"그러니까 넌 나에 대한 사랑만을 위해 살면 된다고!"

이비자의 빨간 눈동자가 반짝였다.

지금까지 느낀 것 이상의 오한이 들었다.

──?!

아주 잠깐 뭔가가 보였다.

마치 잔상처럼 기억에 남은 그것은── 붉은 사슬.

붉은 사슬에 연결된 붉은 목줄이 미야비의 목에 걸려있었다.

저게 이비자의 고유마법의 모습?!

그럼 저걸 끊으면!

하지만 보인 건 아주 잠깐. 지금은 아무것도 보이지 않았다.

아마 만지는 것도 불가능할 것이다.

젠장! 저걸 어떻게 하지 않고는 미야비를 구할 수 없나?!

"미야――?!"

이름을 부르려고 한 나에게 미야비가 덤벼들었다.

칫!

가슴이 아파서 집중할 수 없었다. 몸의 반응도 둔하다.

잘 돌아가지 않는 머리로 필사적으로 방어 마법을 구축했다.

"'알마드'!"

미야비의 스트레이트를 왼팔로 막았다.

"……컥?!"

뽀각 하는 소리가 났다.

격통이 팔에서 머리로 꿰뚫고 지나갔다.

"끄아……윽!"

위팔의 뼈까지?! 팔에, 힘이 안 들어가!!

이대로라면 상황이 더 악화된다!

하지만 미야비와 진심으로 싸울 수는 없다! 그렇다면――,

"이비자! 널 직접 쓰러뜨릴 뿐이다!!"

난 '스트라이드'를 기동하여 땅을 박차 미야비를 피했다.

지금의 난 미야비 덕분에 마력량의 상한도 올라가 있다!

상급 마법도 발동 가능하다!

난 대형 마법진을 만들어냈다. 그 존재감만으로도 이것이 위험한 마법이라는 것을 이해했다.

마법진이 당장이라도 모든 것을 태워버리려고 끓어오르듯이 떨고 있었다.

마술문자와 도형에서 용암 같은 불꽃이 뚝뚝 떨어졌다.

그리고——,

"'파이드제논'!!"

지옥의 가마가 입을 벌렸다.

중급마법인 '파이자드'와는 격이 다른 맹렬한 불길이 흘러나왔다. 가공할만한 열량과 속도를 가진 불지옥이 이비자를 덮쳤다.

"하하하! 이렇게 하는 건가? '파이드제논'!!"

똑같은 마법을?!

지상을 초토화할 것만 같은 불꽃과 불꽃이 격돌했다.

하지만,

이비자의 불꽃이 내 불꽃을 밀어냈다.

——아니,

뭐라고?!

"아하하하하하! 이게 최강의 마왕 후보와 인간의 차이라고!"

이비자의 '파이드제논'이 나의 '파이드제논'을 집어삼켜갔다.

——큰일이다!

'경고, 시급히 방어마법을 전개하는 것을 권장.'

"'바리카데'!!"

불꽃이 사라진 대신 마법진 장벽이 출현. 이비자의 불꽃에 대비했다.

"우오오아아아아앗?!"

이비자의 불꽃은 너무나도 간단하게 나를 날려버렸다.

뭐냐 이 위력은?!

똑같은 '파이드제논'이지만 전혀 다르다.

이것이 나와 이비자의 마왕 후보로서의 격의 차이.

인간과 마족의 차이인가.

다시 땅바닥을 굴렀다.

젠장! 아파라아아아아아아!!

부러진 팔과 갈비뼈가 울고 싶을 정도로 아팠다.

하지만 아픈 것쯤은 아무것도 아니다!

지금까지 이 녀석에게 희생된 녀석들, 그리고 지금 괴로워하고 있는 미야비에 비하면 이 정도는 아무것도 아니다!

그런 나를 바보 취급 하듯이 이비자가 손뼉을 쳤다.

"오! 자자 힘내봐! 으쌰! 으쌰!"

"이 자식……."

이를 꽉 깨물고 일어섰다.

"이비자, 네놈의 고유마법은 최악이다……."

"응? 뭐야 뭐야? 난 딱히 세뇌한 게——."

"넌 사랑을 빼앗고 있어."

"——어."

"강제로 자신에게 애정을 쏟게 만들지. 너 이외에는 아무것도 안 보일 정도로 깊이 사랑하게 만들어. 그러니 네 뜻대로 조종하고 있는 게 아니야."

이비자가 한쪽 눈썹을 올리며 물어봤다.

"흐음…… 그래서?"

"가령 다른 건 아무것도 필요 없다, 목숨마저 바칠 수 있다고 할 정도로 사람을 사랑하면…… 그 사람을 너무 사랑한 나머지 저질러서는 안 될 과오를 저질러버리는 경우도 있겠지. 네 카드는 모두 그런 행동을 하고 있어. 하지만 그건 순수하기에 가지고 있는 약점이다. 넌 다른 사람을 사랑하는 감정을 이용해서 속이고, 이용하고, 농락하고, 희생양으로 삼고 있어! 저질에 최악의 고유마법이고 마왕 후보다!!"

이비자는 입술 끄트머리를 씨익 올렸다.

"'사이코넥트'"

——뭐?

"그게 나의 고유마법이다. 뭐, 네 말대로야. 난 모두에게 사랑받지. 나를 사랑하지 않는 녀석은 아무도 없다고. 그게 무슨 뜻인지 알아?!"

이비자는 최고로 기쁜 듯한 웃음을 보였다.

"다들 무조건적으로 무제한으로 무상의 사랑을 나에게 바친다! 모든 마왕 후보가! 다시 말해서 내가 차기 마왕이 되는 건 이미 정해져 있단 말이다!!"

"모든 마왕 후보가 아니다!"

"뭐어?"

"다른 누군가가 인정해도, 나 '러버즈'의 마왕 후보만은 널 인정하지 않아! 내가 반드시 네가 차기 마왕이 되게 두지 않을 거다!!"

이비자의 얼굴이 분노로 추하게 일그러졌다.

"'디토네이션'!!"

내 발치에 마법진이 펼쳐지고——,

"우와아아아아아아아아아아아아아아아!!"

폭발. 바로 발아래에 '바리카데'를 전개했지만 상쇄하지 못했다.

큭! 몸이 공중에——!!

이상하게 회전하며 땅에 낙하했다.

"*끄*아아아아아악!!"

부러진 팔과 가슴을 세게 부딪쳐서 숨을 쉴 수 없었다.

고통과 괴로움에 몸부림쳤다.

"완~전 흉하잖아! 잘난 듯이 말해놓고 말이야. 역시 인간은 별것 없네. 넌 마왕대전에 대해서 걱정하지 않아도 된다고~! 어차피 여기서 죽을 거니까!"

침착함을 되찾은 이비자는 심보가 고약해 보이는 웃음을 지으며 미야비를 바라봤다.

"그럼, 미야비. 이번에는 처리 못 하면 안 돼! 나를 사랑하는 마음을 증명해줘!!"

미야비가 다가왔다.

젠장, 일어서야 해!

그래서 어쩔 거지? 일단 후퇴할까? 하지만 미야비를 두고 갈 수는 없어!

후들거리는 다리로 일어섰다. 그때 미야비가 달려들어 왔다.

215

"——읏!!"

미야비는 어깨를 잡아서 그대로 교사 벽에 밀어붙였다.

"끄악!"

입으로 피를 토했다.

젠장…… 입안이 터진 정도면 좋겠다.

미야비의 얼굴과 가슴팍에 내 피가 뚝뚝 떨어졌다.

상황이 이런데도 더럽혀서 미안하다는 생각을 하고 말았다.

미야비는 내 피를 보고 눈을 휘둥그레 떴다.

미야비의 입가에도 피가 맺혀있었다.

아까 이비자에게 맞아서인가…… 젠장!

"미야비! 정신 차려! 녀석의 마법에 현혹되지 마!"

"저기…… 유우토."

"?! 정신을——."

하지만 미야비는 고개를 저었다.

"안 돼…… 잘 모르겠지만, 이비자 생각으로 머리가 꽉 찼어. 이비자랑 운명으로 이어져 있는 것 같고, 더는 떨어질 수는 없다는…… 그런 느낌이 들어."

"그럴 수가……."

미야비의 눈에서 눈물이 넘쳐흘렀다.

"유우토를 잊은 게 아닌데…… 이대로라면, 나…… 정말로 유우토를 죽여버릴지도 몰라."

"걱정 마! 그런 짓은 내가 못 하게 막을 거야! 그러니까——."

"그러니까…… 그렇게 되기 전에, 날 죽여줘."

──?!

"……무슨."

너 대체 무슨 소릴 하는 거야.

"이비자의 고유마법을 푸는 방법 같은 건 없으니까…… 이제는 그 방법밖에 없어. 그야."

미야비는 끊임없이 눈물을 흘리면서 미소 지었다.

"난 '러버즈'의 프린세스니까."

"미야비……."

"그러니까──."

미야비의 얼굴이 다가왔다.

"내 원수…… 갚아줘야 해."

입술이 닿았다.

미야비의 입술과 내 입술이.

첫 키스는 피 맛이 났다.

달콤하고 마음을 움직이게 하는 뜨거운 감각이 흘러들어왔다.

그리고 입술을 뗐을 때,

'현재 마력 공급── 50000. 한계 돌파.'

뭐?!

'마력 상한이 50000으로 상승했습니다.

그런가…… 키스를 해서 '힐링·러버즈'의 효과로…….

기뻐해야 할 일이지만, 지금은 그마저도 애달팠다.

그걸로 미야비를 구할 수 있는 건 아니니까.

아르카나의 담담한 목소리도 슬픔을 더할 뿐이었다.

'보고. 이로 인해「혈족마법」의 해석이 가능하게 되었습니다.'

──?!

혈족마법…… 해석?!

잠깐만! 무슨 소리야?!

'카드의 혈액을 채취하는 것으로 해석 가능. 외부 공기와 닿지 않는 상태로 직접 채취하는 것이 바람직함.'

아르카나! 그 말은 유우가오제의 혈족 마법을 사용할 수 있게 된다는 말이야?!

만약 그렇다면,

'왜 유우가오제의 혈족 마법에 고집하는가, 거기에 녀석의 강점과 약점이 있다.'

간도 교장의, 그 말의 의미가──!

'긍정.'

"미야비!!"

"유우토…… 그럼 이별──."

"한 번 더 키스할게!!"

"……흐엣?!"

난 미야비의 팔을 꽉 잡고 억지로 끌어당겼다.

"저, 저기, 유우토으읏?!"

다짜고짜 당황한 미야비의 입술을 빼앗았다.

"후…… 우."

필요한 것은 미야비의 피.

지금 미야비는 이비자에게 맞아서 입안을 다쳤다.

즉——!!

나는 미야비의 입안에 강제로 혀를 넣었다.

"?! 으으으으응!!"

미야비는 놀라서 눈을 크게 뜨고 우물거리는 소리를 냈다.

"으응…… 음, 후…… 응♥"

하지만 금방 황홀한 표정으로 이어진 입 안으로 달콤하게 신음하기 시작했다.

나는 혀를 움직여 미야비의 피를 찾았다. 잇몸을 훑고 미야비의 혀에 닿았다. 미야비도 이에 응하듯이 혀를 내밀어 내 혀를 휘감아왔다.

——찾았다.

피다.

그리고 핏속에,

마치 DNA처럼 어떤 정보가 숨어있다.

아르카나!! 이걸 조사해!!

'해석…… 혈액 속에 은폐된 마술식, 소위 혈족 마법으로 판단.'

이거다!!

해독해줘! 부탁할게!!

'이식 개시—— 이식 후, 마술식으로 변환, 전개를 실행.'

——왔다.

내 안에 유우가오제 가의 혈족 마법이.

그 정보가 내 안에서 전개되었다.

……그런가.

나는 이해했다.

그 마법의 효과를.

왜 이비자가 유우가오제의 혈족 마법을 필요로 했는지를.

그리고──,

녀석을 쓰러뜨릴 수단을!!

미야비와 입술이 떨어졌다.

"유우토……."

미야비는 상기된 얼굴로 나를 바라보며 각오한 것처럼 눈을 감았다.

하지만 난 미야비의 몸을 떨어뜨리고 아픔을 참으면서 일어섰다.

아르카나, 할 수 있어?

'마술식 변환 완료. 하지만 현재의 마력량 상한으로는 불가능.'

걱정하지마, 아르카나.

마력이라면──,

무한히 있다!!

"'인피니트 · 러버즈'!!"

내 안에서 마력이 팽창했다.

샘물이 솟아나는 것처럼 마력이 한없이 솟아났다.

미야비를 생각하는 마음이 마력으로 형태를 바꿔 뿜어져 나왔다.

항상 밝고, 생기발랄하고,

아가씨다운 행동이 서투르고,

갸루 패션이 어울리고,

어휘가 독특하고,

긍정적이고,

항상 기운이 넘치고,

같이 있으면 주위 사람들도 웃게 만드는,

그런 미야비의 웃음을 되찾기 위해!!

"뭐…… 뭐냐? 어이! 무슨 짓을 하는 거냐?!"

마력의 기척을 감지한 이비자가 초조한 목소리로 외쳤다.

"도대체…… 뭐냐 이 녀석은? 뭐냐고, 이 느껴본 적 없는 방대한 마력은?!"

나는 아르카나의 목소리를 들었다.

'보고, 「혈족 마법」 실행 가능.'

──간다.

나는 오랫동안 미야비의 핏속에 잠들어 있던 유우가오제의 혈족 마법을 기동했다.

"'커팅·커넥트'!!"

내 오른손에 붉은 마법진이 전개되었다. 손에는 마술 도형이

문신처럼 나타났다.

그리고 오른쪽 눈동자에 마술식이 전개된 것을 느꼈다.

보인다.

이번에는 확실하게.

이비자에게서 미야비를 향해 뻗은 사슬이.

그리고 미야비의 목을 구속한 목줄이.

──그리고,

나는 마법진을 두른 오른손을 빨간 사슬을 향해 아무렇게나 내리쳤다.

'사이코넥트'의 사슬이 너무나도 간단하게 부서지고 끊어졌다.

"――뭣……?!"

이비자의 얼굴이 경악하여 굳었다.

"어, 어라……?"

미야비가 이상하다는 듯이 가슴에 손을 댔다.

"나……!!"

퍼뜩 정신을 차리더니 낯빛을 바꾸고 나를 바라봤다.

"유, 유우토…… 내, 내가…… 이렇게나, 심한 짓을…….."

미야비는 너덜너덜해진 내 모습을 보면서 얼굴을 찡그렸다.

"미안해, 미안해…… 유우토."

미야비는 흐느껴 울었고 눈에서는 더 많은 눈물이 흘러넘쳤다.

나는 미소 지으면서 미야비의 볼에 손을 댔다.

"이제 괜찮아. 이비자의 고유마법은 깼어."

"어…… 뭐어어어엇?!"

믿을 수 없다는 눈치를 보인 건 미야비뿐만이 아니었다.

이비자 또한 경악하여 식은땀을 흘리고 있었다.

"이런 바보 같은 일이…… 이런 건 있을 수 없어…… 이식에는 대규모 의식 마법이 필요할 거다! 내가 얼마나 준비한 줄 아냐!! 일족의 토지에서 순수혈통을 유지한 젊은 직계 마족의 피를——."

자기도 모르게 입 밖에 내버린 것을 깨달은 이비자는 입을 다물었다.

"걱정 안 해도 돼, 이비자. 이 마술식을 손에 넣고 알았어. 네 고유마법의 강점도, 약점도. 그리고 유우가오제의 혈족 마법이 필요한 이유도."

"……하, 아무 소리나 지껄이지——."

"유우가오제의 혈족 마법은 사람과 연을 맺고, 사람과의 연을 끊는 마법이다."

"——!!"

이를 바득바득 가는 이비자와는 대조적으로 미야비는 의미를 알 수 없다는 듯이 눈살을 찌푸렸다.

"사람과의 연…… 이라니?"

"상대가 인간이든 마족이든 이익이 될 거라 생각한 상대와의 관계를 맺어서 공고히 한다. 반대로 해가 될 거라 판단한 상대와의 관계는 끊는다. 조상님은 그렇게 해서 인간계에서 변경백으로 출세했다…… 고, 미야비도 그렇게 말했잖아."

"말했는데…… 그게 혈족 마법의 힘이었던 거야?!"

"그래. 그렇기에——."

나는 이비자를 가리켰다.

"넌 유우가오제의 혈족마법을 원했다. 너의 '사이코넥트'의 약점을 보완하기 위해서 말이다!"

"잠꼬대하지 말라고! 내 '사이코넥트'는 무적이다!! 약점 같은 건 없어!"

"그럼 당장 해봐라."

"——어?"

이비자의 웃음이 굳어졌다.

"나를 너의 포로로 만들어 봐라."

난 엄지로 자신의 가슴을 가리켰다.

"지금 난 네가 원하는 마법을 가지고 있다. 나에게 '사이코넥트'를 걸면 그 힘을 이용할 수 있다고."

이비자는 얄밉다는 얼굴로 나를 째려보더니 한발 물러섰다.

"——우쭐대지 말라고, 인간. 누가 네놈 따위의 지시를 듣겠냐."

"후……."

"앙~? 뭘 웃는 거냐, 이 가축 놈이."

——그런 건가.

결국 간도 교장은 처음부터 모든 걸 가르쳐줬었다.

'마족이라는 존재는 인간보다도 욕망에 솔직하지. 인간이라면 다른 여러 감정이 브레이크를 걸어. 하지만 마족은 다르다. 한번 이거다 하고 꽂히면, 다른 건 전부 희생하지. 다른 사람에게

225

폐가 되는 것 따위는 상관하지 않아. 자신의 욕망을 채우고, 자신의 이익을 최대로 추구하는 것이 미덕이지.'

욕망에 솔직한 마족.

여러 감정이 방해하는 인간.

"이비자. 너의 '사이코넥트'는 인간에게는 안 통해."

"……?!"

"그리고 마족이라고 하더라도 이기심이 약한 상대에게는 효과가 약하지. 특히 '러버즈' 같은 애정과 신뢰로 엮인 상대에게는 쓰기 어려워. 실제로 미야비는 나를 생각하는 마음으로 네 부탁을 뿌리쳤어. 널 위해서 모든 것을 바치려고 하진 않았어."

"……."

──그리고 교장은 이런 말도 했다.

'왜 유우가오제의 혈족 마법에 고집하는가, 거기에 녀석의 강점과 약점이 있다.'

다시 말해서,

"유우가오제의 혈족 마법은 사람과의 관계를 맺고 끊는 마법. 너의 '사이코넥트'를 절단하는 것도 가능하고, 반대로 강화하는 것도 가능한 양날의 검. 그래서 뒤로 비겁한 수단을 써서 유우가오제 가를 빼앗았지."

미야비는 분함에 입술을 깨물었다.

"그래서…… 부하 아이들의 연심을 이용해서……."

이비자는 머리를 쓸어올리고 하늘을 올려다봤다.

"아~, 젠장…… 성가셔."

고개를 내리니, 그 눈동자가 빛나고 있었다.

그 순간, 이비자의 몸에서 무수한 사슬이 뻗어 나와 있는 것이 보였다.

지금까지 보이지 않았던 사슬이 지금은 보였다.

"이제 귀찮은 일은 그만할 거야. 널 쳐 죽이고, 힘으로 미야비를 산제물로 삼아주겠어."

이비자는 사슬을 붙잡고 힘껏 당겼다.

"와라! 내 포로들이여!!"

그러자 지금까지 인기척이 없었던 학교 뒤편에 체육복 차림의 학생 열 몇 명이 다가왔다.

"이비자 님! 무슨 일입니까?!"

"저 녀석은…… 설마 체육대회가 한창인데 마왕 대전을?!"

전부 열두 명.

……절단한 미야비의 목줄, 그리고 입원중인 기가라를 더하면 전부 열네 명.

즉, '사이코넥트'의 상한은 열네 명―― 카드의 상한과 똑같다.

"유우토…… 인원이 많은데, 할 수 있겠어?"

나는 걱정하는 미야비를 안심시키듯이 미소 지었다.

"그래. 저 정도라면 문제없어."

미야비는 쓴웃음을 지었다.

"자신만만하네."

"'러버즈'의 프린세스는 강하니까."

"······아니, 나?"

"마법이라면 쓸 수 있지만, 솔직히 격하게 움직이는 건 어려워. 미야비가 녀석들을 쓰러뜨려주면 그 틈에 '사이코넥트'의 사슬을 끊을 수 있어."

"미안해······ 나 때문에······ 그치만 혼자서 전부는––."

"아니. 미야비라면 할 수 있다고 확신해."

"유우토······."

"전에 여기서 보여준 그 기술······ 그걸로 이비자의 카드들을 날려줘."

"어?! 하, 하지만······ 그건 아직 잘 안 되는데."

──아르카나.

미야비의 몸속에 있는 마술식을 수정할 수 있어?

'가능. 술식 구축 중에 직접 육체에 접촉하는 것으로 체내의 마술회로를 수정.'

좋아!

나는 미야비의 등 뒤로 돌아가 뒤에서 미야비를 안았다.

"유, 유우토?!"

"미야비! 날 믿어!! 너라면 할 수 있어!!"

"응······ 이렇게 안아주고 있으면, 할 수 있다는 느낌이 들어······."

미야비의 눈동자에 자신감이 돌아왔다.

"부탁해, '러버즈'의 프린세스!"

"파바박 맡겨달라고!!"

마력이 흘러넘쳐서 미야비의 몸이 희미하게 반짝였다.

미야비의 몸속에서 마술회로가 접속되어 마술식이 구축되어 갔다. 그 마력의 흐름을 아르카나가 정밀하게 조사해서——,

'보고. 흉부의 마술회로에 에러 발견. 접촉할 필요 있음.'

그 말은 가슴을 만지라는 소리인가?! 이 상황에?!

'흉부에 마술회로 집적을 확인. 접촉하지 않고 수정하는 것은 불가능.'

"미안! 미야비!!"

나는 뒤에서 미야비의 가슴을 잡았다.

"꺅! 유, 유우토, 응아아아아아아아아앙♥!!"

내 손 안에서 미야비의 가슴 속에 있는 마술회로가 연결되어 수정되어 가는 것을 느꼈다.

"어, 어라? 뭔가…… 상태가 좋아졌는데?"

난 신기하다는 표정을 지은 미야비에게서 몸을 떨어뜨렸다.

"미야비!"

"응……! 왠지 할 수 있을 것 같아!!"

그때 우리를 경계하던 이비자의 카드들이 일제히 덤벼들었다.

"적은 단둘이다!"

"게다가 '러버즈'다! 인간과 열등생 따위는 한 번에 죽여버려라!!"

모두 달리면서 마법진을 전개했다.

"……우릴 너무 얕보지 말라고."

미야비는 허리를 숙이고 주먹을 빼서 몸을 비틀었다.

지금의 미야비는 온몸이 마술식이다. 그 마술식에 마력이 돌았다.

다리에서 허리, 복근을 거쳐 가슴의 두 언덕에서 나선을 그려 가속과 비틀림을 더해 팔로 흘렀다.

그 일련의 순환이 가속도를 높였다.

이전과는 비교가 안 됐다.

그리고 심장의 고동, 맥박과 마력의 리듬이 싱크로 되어 있었다.

그 속도가 극한에 달한 순간.

미야비의 오른팔이 그 모든 것을 방출했다.

"'갸루틱 · 스트라이크'!!"

주먹을 내질렀다.

차원이 다른 충격파와 공기의 소용돌이.

그 위력 앞에서는 다가오는 것조차 불가능했다.

'데빌'의 카드 열두 명은 꼼짝없이 날아갔다.

온몸을 마법진으로 삼은 마력의 가속과 출력이 미야비의 육체와 완전히 싱크로하고 있었다.

항상 쓰는 격투 마법을 극한까지 연마한 일격.

마법과 물리 공격의 조화가 이비자의 카드들을 일소했다.

열두 개의 붉은 사슬이 내 머리 위에 늘어졌다.

──지금이다!

"'커팅 · 커텍트'!!"

난 공중에 떠있는 사슬 다발을 향해 오른손 손날을 휘둘렀다.

자르는 느낌도 없이 사슬이 찢어져 절단되었다.

땅에 쓰러진 이비자의 카드들은 괴로운 표정으로 일어서려고 했고——,

"어…… 어, 어라?"

지금 정신을 차린 듯한 이상한 표정을 짓고 있었다.

"어…… 이비자…… 님? 왜 난…… 그렇게 저 녀석을 좋아했던 거지?"

이제 이걸로 이비자의 포로는 없다.

멍하니 서 있는 열두 명의 학생과 분노에 이를 가는 이비자가 있을 뿐이었다.

"이, 이 자식……."

"네 포로는 이제 한 명도 없다고."

"크……."

"자, 지금부터가 진짜다. '러버즈'와 '데빌'의 마왕 대전을 해볼까."

하지만 이비자는 자신만만한 웃음을 띠었다.

"어이 어이 어이, 우쭐대지 말라고, 인간. 방금 전의 '파이드제논'으로 알았잖아. 마족과 인간이 단순한 힘싸움으로 붙으면 승부가 안 된다고. 더구나 난 최강의 마족이고 마왕 후보 중 한 명이라고!"

"꽤나 떠들썩하네."

233

——이 목소리.

아름다운 흑발을 바람에 휘날리며 온 사람은 '러버즈'의 《퀸》.

"리제르 선배!!"

"사람이 다가오지 못 하게 하는 결계를 쳐둔 것 같은데, 그렇게 한꺼번에 부하를 불러들이면 못 쓰게 되잖아? 미츠이시 이비자."

여유 넘치고 요염한 미소를 보였다.

리제르 선배의 뒤에서도 차례차례 학생이 왔다.

결계가 깨져서 모두 이변을 알아차린 것이다. 순식간에 수백 명의 학생이 모여 빙 둘러쌌다.

이비자는 불쾌한 표정으로 침을 뱉었다.

"오늘은 여기까지 하지. 네놈들을 상대할 시간은——."

"도망치는 거냐? '데빌'의 마왕 후보."

"……앙?"

나는 표정을 일그러뜨리는 이비자를 보고 미소 지었다.

"여기까지 왔으니 끝까지 가보자고."

미야비도 손으로 주먹을 감싸 쥐고 손가락 관절을 꺾어 소리를 냈다.

"너한테 속은 모두의 몫까지…… 두들겨 패주겠어."

이비자는 성가시다는 듯이 혀를 찼다.

"칫, 착각하지 마라. 나는 나를 사랑하도록 만들었을 뿐이다. 딱히 언동을 강제한 게 아니야. 그러니 녀석들의 말도, 행동도, 녀석들의 성격이나 본심이 나온 것일 뿐이야. 유우가오제의 영지도 놈들이 멋대로 훔쳐서 나에게 넘겨줬을 뿐이야. 나한테 무슨 책임이 있다는 거지?"

몸이 떨렸다.

지금까지 이렇게까지 분노를 느낀 적은 없었다.

이 녀석은 최악이다.

"이비자!! 넌 다른 사람을 사랑하는 마음을 이용했다! 넌 소중한 사람을 지키려고 하는 애정을, 헌신을, 신뢰를 가로챘다!! 그 사실을 당사자가 알아차리지 못 하게 해서, 모든 것이 끝난 뒤에 스스로의 의지로 행했다는 기억과 후회와 절망만을 새겼다!!"

나는 힘을 담아서 이비자를 노려봤다.

"너에겐 사랑이라는 말을 입에 담을 자격은 없다!"

리제르 선배가 내 옆에 섰다.

"그럼 우리도 참가하도록 할까. 레이나도 괜찮지?"

레이나는 허리에 찬 칼을 칼집에서 슬쩍 뽑았다. 칼자루에 손을 대고 허리를 숙였다.

"언제든지, 언제든지."

그 옆모습에는 항상 보여주던 당황한 작은 동물 같은 여동생 캐릭터의 모습은 없었다.

마치 냉철한 암살자 같은 위압감이 있었다.

"큭……."

이비자의 안색이 변했다.

리제르 선배는 그 표정을 보고 싱긋 웃었다.

"왜 그래? 네가 자랑하는 고유마법으로 우리를 네 포로로 만드는 건 어때?"

"헤헤…… 괜찮으려나~ 그런 말을 해도. 내 '사이코넥트' 앞에서는 마왕 후보도 무력하다고! 네놈들 따위……."

이비자는 최대한 허세를 부렸지만, 내 눈에는 중간부터 절단된 사슬이 보였다.

이비자는 그 붉은 사슬에 시선을 떨구고 분하다는 듯이 중얼거렸다.

"젠장…… 아직 재생이……!"

잘 보니 사슬이 조금씩 원래대로 돌아가고 있었다.

'사이코넥트'는 수복이 되지만 시간이 걸린다는 결점도 있는 것 같다.

하지만 고유마법이 없어도 강적이라는 사실은 변함없다.

"……흥. 하지만 말이다, 네놈들 따위는 '데빌'의 마왕 후보의 적수가 못 된다고……."

이비자는 나를 경계하면서 리제르 선배의 빈틈을 노렸지만――,

"뭐야 뭐야? 재밌는 일이 벌어진 것 같네."

군중이 좌우로 삭 비켜서 길을 열자, 스텔라가 그 길로 걸어왔다.

"?! '스타'의……."

이비자가 흘리는 땀의 양이 확 늘었다.

"어머 스텔라. 마침 이비자가 고유마법을 쓸 모양이야."

"흐음~, 그거 보고 싶었는데. 빨리해봐."

"큭……."

"나한테는 한 번 보여준 기술은 두 번 다시 안 통하니까 명심하고 써야 해★"

"그 말은 날 실험대로 삼으려는 거야?"

리제르 선배가 기가 막힌다는 시선을 보내자 스텔라는 찡긋 윙크했다.

"괜찮아. '러버즈'가 지면 내가 이비자를 때려죽여 둘 테니까 안심하고 조종당해."

이비자는 진땀을 흘리며 모여있는 학생들을 향해 외쳤다.

"어, 어~이! 누구! 내 카드가 되고 싶은 녀석은 없어~?"

하지만 응하는 자는 없었다.

"왜 그래! 호응이 영 안 좋은데~!! 다른 마왕 후보라면 몰라도 '러버즈' 따위는 제대로 붙으면 상대도 안 되니까! 이득이잖아!"

그래도 아무도 손들지 않았다. 대신――,

"젠장…… 미츠이시 이비자, 저 자식이!"

이비자에게 사로잡혀있던 학생들이 분노를 폭발시켰다.

"어이 '러버즈'! 이비자를 날려버려!"

"저 녀석을 쳐죽여준다면 '러버즈'든 인간이든 뭐든 상관없어!"

"저 자식, 나한테서 모든 것을 빼앗아갔어!! 저 썩을 놈을 물리쳐줘!!"

평소에는 인간이라며 멸시하는 마족이 어느샌가 나를 응원하고 있었다.

"이비자. 그럼 나랑 1대1 승부다."

"……뭐?"

"나한테는 이길 수 있잖아?"

"……흐음~ 그래. 그거 최고네. 최고의 제안이야."

이비자는 눈을 반짝이며 웃음 지었다. 그리고 곧바로 마법진을 전개했다.

저건, 방금 전에 쓴 것과 똑같은 상급마법 '파이드제논'.

그렇다면,

"정면승부로 가보자고."

나도 '파이드제논' 마법을 구축했다.

"하하하하, 좋네~! 역시 이길 거라는 걸 알고 하는 승부는 재밌어~!! 넌 죽여두겠지만, 미야비는 죽지 않을 정도로 살려둘 테니까! 훌륭한 산제물이 되자고!"

내 앞에 복잡하고 큰 마법진이 떠올랐다.

하지만 아까 전과는 좀 다를 거라구.

머릿속이 뜨겁다.

선배가 말했던 남용하면 몸속이 끓어오른다는 그건가.

조금만 더,

버텨줘! 내 몸!!

"'인피니트 · 러버즈'!!"

내 마법진이 급격하게 거대해졌다.

"──뭣?!"

이비자가 눈을 부릅떴다.

무한히 솟아나는 마력을 상급마법의 술식에 보냈다.

극한까지 거대화한 마법진에서 마력이 넘쳐서 흘러나왔다.

마법진은 용처럼 입을 벌리고 불꽃을 뚝뚝 흘렸다.

당장이라도 지옥의 불꽃이 포효하며 분화할 것만 같았다.

"너, 너 이 자식…… 뭐, 뭐냐고, 그건?!"

"네가 쓴 것과 같은 상급 화염 마법이야."

"이건…… 말도 안 돼! 다르잖아?! 이건, 완전히!!"

"최강의 마족과 인간의 차이 아닌가?"

"……큭!"

그리고 난 한계까지 힘을 모은 불꽃을 뿜어냈다.

"'파이드제논'!!"

"후…… '파이드제논'!"

나와 이비자의 상급마법이 격돌했다.

둘 다 똑같은 지옥의 불길.

아까 전에는 밀린 내 마법이 이번에는 반대로 밀어붙였다.

"마…… 말도 안 돼!!"

눈앞까지 닥쳐온 작렬하는 불꽃을 본 이비자는 진땀을 흘렸다.

"고작 인간이 이런 힘을 가지고 있을 리가 없어!! 대체 뭐냐, 그 힘은?!"

"이것이! 사람을 사랑하는 마음의 힘이다!!"

나의 '파이드제논'이 이비자를 집어삼켰다.

"으갸아아아아아아아아아아아아아아아아아아아아아악!!"

불꽃의 용이 이비자를 집어삼켰다.

잔혹하기까지 한 불길이 이비자의 몸을 구웠다.

압도적인 불꽃의 압력이 이비자의 몸을 난도질했다.

이비자의 몸은 수십 미터 떨어진 교사의 벽에 내던져져 박혔다.

"끄하악?!"

이비자는 피를 토하고 실이 끊어진 인형처럼 땅으로 떨어졌다.

땅바닥을 구른 이비자의 몸에서 탄내와 연기가 피어올랐다.

"이럴…… 이럴, 리가…….”

그때, 태평하게 손뼉을 치는 소리가 울렸다.

"이야아, 훌륭해. 훌륭해. 승부가 났군!"

교장이 분위기에 안 맞는 밝은 목소리를 내며 우리와 이비자 사이에 비집고 들어왔다. 이비자는 네발로 기어서 교장에게 다가갔다.

"교, 교장 선생님! 휴, 휴전이라구요! 오, 오늘은 제가 물러나겠지만! 하, 하지만, 다음엔──."

"뭐어~ 다으음?"

간도 교장은 활짝 웃었다.

"다음 같은 건 없어.”

"뭐…….”

"그야 넌 이미 죽어있는걸?"

이비자 아래에 검은 늪이 펼쳐졌다.

"뭐야…… 자, 잠깐, 잠깐만!!"

늪에서 뻗어 나온 기분 나쁜 팔이 이비자를 붙잡고 끌어들였다.

"우와아아아아아아! 그만둬! 그만두라고ㅇㅇㅇㅇㅇㅇㅇㅇㅇ!! 나는, 나는 최강이라고! 차기 마왕이 될 남자라고! 모든 마족으로부터 사랑받을──."

이비자의 목소리가 끊어졌다.

얼굴의 반이 묻혀 목소리가 닿지 않게 된 것이다.

다음으로 눈물을 흘리는 눈이 사라졌고, 마지막으로 뭔가를 잡으려고 하는 손이 가라앉았다.

그리고 검은 늪도 사라졌다.

교장은 팡 하고 크게 손뼉을 치더니,

"네~. 레크리에이션 끝! 체육대회로 돌아가자, 돌아가!"

그걸 레크리에이션으로 뭉뚱그리는 거냐…….

역시 현 마왕답다 해야 하나.

교장의 재촉을 받아 다른 학생들도 교정으로 줄줄 돌아갔다. 그런 학생들과는 반대로 나에게 다가오는 모습이 보였다.

"수고했어. 유우토, 미야비."

"리제르 선배…… 와줘서 고마워요. 레이나도."

"아아아, 아니, 아니에요, 레이나는 결국 아무것도 안 했어요, 에요!"

"그래도 도움이 됐어."

머리를 쓰다듬어주자 레이나는 '에헤헤헤' 하며 기쁜 듯이 미소 지었다.

"이비자는 어떻게 됐나요?"

"인간계에서 죽으면 마계로 강제송환 당해. 그리고 두 번 다시 이쪽 세상으로 올 수 없어."

"그런가요……."

죽었다고 해도 이쪽으로 못 오게 될 뿐이고, 마계에서는 존재하고 있다는 건가…… 그럼 상대를 쓰러뜨려도 심적으로는 조금 편하다.

리제르 선배는 미야비에게 시선을 옮기고 부드럽게 미소 지었다.

"그리고 미야비, 벽을 잘 넘어섰구나. 훌륭해."

"아…… 그런가. 전에 말했었지. 넘어서야 할 벽이 있다고."

미야비는 쑥스러운 듯이 뒤통수를 긁었다.

"하지만…… 결국 혈족 마법을 사용할 수 있게 되진 않았지만."

"괜찮잖아. 딱히."

"안 괜찮아. 나한테는 중요한 일이니까. 게다가…… 유우토가 사용해서 마음이 좀 복잡해."

나는 조금 섭섭해 보이는 미야비를 보고 고개를 저었다.

"난 이 마법이 미야비에게 어울리지 않는다고 생각해."

"엑?! 무, 무슨 소리야? 내가 유우가오제의 아가씨답지 않고 갸루라서?"

미야비는 울 것 같은 표정으로 나에게 따졌다.

"그런 말이 아니야. 미야비의 조상님은 이 힘을 사용해서 세력을 늘렸어. 하지만 이런 힘으로 사람과의 연을 끊거나 맺거나 하는 건 미야비에게 어울리지 않아. 미야비는 그런 힘이 없어도 좋은 관계를 쌓을 수 있어. 실제로 우리는 동료가 됐잖아."

"……유우토."

미야비의 눈동자가 반짝 빛났다.

"이런 혈족 마법보다, 아까 전에 이비자의 카드를 쓰러뜨린 마법…… 그게 더 미야비다워. 똑바르고 마음을 스트레이트하게 전달하는 듯한, 굉장히 미야비다운 마법이었어. 아가씨 말투를 쓸 필요는 없어. 미야비의 말로 미야비가 느낀 대로 말하면 그걸로 마음은 통해."

"그, 그런가……?"

"그래. 그도 그럴 게, 그건 조상님의 것이 아니야. 미야비가 만들어낸 미야비만의 마법이야."

"유우토……."

미야비는 눈물지으면서도 행복하게 웃었다.

리제르 선배도 고개를 끄덕였고, 이번에는 나에게 다정한 미소를 지었다.

"그리고 유우토도 미해결 마술식 이외의 방법을 잘 찾아냈구나."

어?

그건, 특훈 때 아직 이르다면서 가르쳐주지 않았던 것?

마왕 후보에게 통하는 강력한 마법을 손에 넣는 방법에 대해

서── 하나는 미해결 마술식. 그리고 다른 하나에 대해서──
그게?!

"그럼, 그때의 답은…….."

"맞아. 그건 카드의 힘── 혈족 마법을 빌리는 것. 카드가 가진 진한 마력을, 흐름을, 그 영혼의 고동을, 울림을 거두어들여서 자신의 것으로 만드는 것."

……그랬던 건가.

"설마 벌써 그런 일을 해버리다니……. 만점이야♥"

"오옷! 만점 잘 받았습니다!!"

골절된 것을 잊고 뛰어올랐더니 울고 싶어질 정도로 아팠다.

"참…… 무리하지 마. 바로 치료해줄 테니까. 우선은 보건실로 가자."

리제르 선배는 나를 부축하듯이 안고 걷기 시작했다.

"죄송해요. 수고를 끼치게 해서……."

"그렇지는…… 아."

리제르 선배는 문득 생각났다는 표정을 지었다.

"수고라고 하니 생각났는데, 혈족 마법 이식에는 의식 마법을 치르는 수고가 들 줄 알았는데…… 어떻게 혈족마법을 쓸 수 있게 된 거야?"

윽!! 거, 거길 파고드는 겁니까!

위험해, 뭐라 대답하지?

"왜 그래? 유우토. 다친 곳이 아픈 거야?"

아파서 흘리는 진땀이 아닌 다른 진땀이 흐르기 시작했을 때,

미야비가 '에헤헤헤'라며 수줍게 웃으면서,

"에헤헤, 사실은 유우토랑 키스해버렸어."

리제르 선배의 움직임이 딱 멈췄다.

"……뭐?"

리제르 선배는 나를 추궁하는 눈으로 바라봤다. 그 얼굴에 식은땀과 동요가 일었다.

"아니, 왠지 미야비가 입안을 다친 것 같아서, 피로 마술식을 해석해서……."

"정말로 했어?!"

"어, 그게…… 불가항력이라고 할까……."

어떻게든 그 말만을 짜냈다. 미야비는 사람 마음도 모르고 한껏 표정을 누그러뜨리고 있었다.

"에헤헤헤헤…… 나 첫 키스였어~. 유우토도 그렇지? 에헤헤 우린 처음을 주고받은 사이네~♥"

리제르 선배가 새하얘진 것처럼 보였다.

"저기…… 서, 선배?"

고개를 푹 숙인 선배가 땅속 깊은 곳에서 울리는 듯한 목소리로 말했다.

"유우토…… 채점을 수정할게."

어?

선배는 고개를 들고 눈을 부릅떴다.

"20점!!"

"네에에에에에에에에에에에에에에에에에에?!"

80점 감점이라니, 뭐지?!

"자, 잠깐만요, 아무리 그래도 너무 내린 것 아닌가요?!"

"몰라!"

흥 하고 얼굴을 돌리는 모습은 꼭 아이 같았다.

◇ ◇ ◇

도중에 이비자와의 싸움으로 중단되기도 했지만 체육대회는 무사히 폐회식을 맞이했다.

"이번 년도는…… 백군의 승리다아아아아아아아!!"

간도 교장이 주먹을 들어 올리자 꽃보라가 일어나며 득점판에 걸려있던 막이 벗겨졌다.

도중부터 일부러 득점 상황을 숨기는 연출을 해놓았던 것이다.

최종 득점은 백군463 대 적군451.

근소한 차이라 말할 수 있을 것이다. 역시 최종 경기에서 이비자가 참가하지 못해 적군이 실격된 것이 컸다.

만약 실시가 되었다면, 나는 도저히 뛸 수 없었겠지만. 그랬으면…… 스텔라한테 살해당했을지도 모르겠구나.

"그럼, 다음은 대회 MVP인데……."

교장이 뜸 들이면서 회장을 둘러봤다.

들뜬 표정을 짓고 있는 사람은 분명 고득점을 올린 학생일 것이다.

교장은 회장을 가리켰고, 그 손가락은 회장을 일주했다. 그리고,

나를 향해 딱 멈췄다.

"1학년 D반, 모리오카 유우토!!"

어?!

"우오~! 해냈어어어어어어어 유우토오오오오오오오오오!!"

"대단해 유우토!"

"대대대대대단해, 대단해요! 유우토씨!!"

기뻐하는 것은 내 옆에 서 있는 '러버즈'의 모두뿐.

회장 전체가 술렁거려 분위기가 미묘했다.

"자~ 빨리 스테이지에 올라오라고!"

이런 분위기 속에서 스테이지에 올라가는 건 용기가 필요하구나…….

무거운 발걸음으로 스테이지에 올라갔다. 아니, 실제로 부러진 팔이랑 갈비뼈가 아픈데.

"자, 백군 승리의 결정타가 된 마왕 후보 릴레이!! 적군을 참가 불능으로 몰아넣은 주역인 '러버즈'의 마왕 후보가 MVP가 되었다!"

고요한 회장.

하지만 박수는 드문드문.

'러버즈'의 모두와 그리고…… 이비자의 '사이코넥트'에 당했던 학생들인가. 그리고 묘하게 시끄러운 건…… 엄마?! 나쁜 의미로 눈에 띄는데! 아빠, 빨리 말려!

"그래서 기대하던 상품 말인데."

"정말로 주는 건가요?"

"당연하잖아? 뭐, 별것 아니니까 너무 기대하진 말아줬으면 하는데."

뭐 그런가. 분명 트로피 같은 거겠지? 그래도 팰리스에 장식하면 모두의 추억이 돼서 좋을지도.

"상품은 '무엇이든 소원을 이루어주는 권리'다."

"……."

어?

무엇이든…… 이라니?"아 그래도 마왕으로 만들어달라는 건 안 된다! 어디까지나 내가 실현할 수 있는 소원을 말해줘. 예를 들면 어깨 안마권이라던가, 낙제점 회피라던가, 하루 땡땡이쳐도 되게 해달라거나."

회장에서 웃음이 살짝 일었다.

확실히 보잘것없는 상품이다. 그래도 그런 만큼 마음은 편하려나.

"그리고—— 누군가 마왕 후보 한 명을 실격시킨다거나."

"……?!"

회장에 웅성거리는 소리가 퍼져갔다.

"잠깐만…… 뭐야! 그게?!"

목소리를 낸 것은 스텔라였다.

대번에 분위기가 살기를 띠었다. 내 피부에 얼얼한 긴장감이 느껴졌다.

마치 모습이 보이지 않는 상대의 살기가 꽂히고 있는 것처럼.

"저기…… 농담이죠? 그거."

"아니. 진심이다."

어쩌지…… 이거.

누군가 마왕 후보 한 명을 실격시켜도 되나?

강해 보이는 상대를 무조건 제외할 수 있다.

확실히 그렇게 하면 이번 마왕 대전을 유리하게 진행할 수 있을지도 모른다.

대체 누구를?

스텔라인가?

아니면 아직 정체를 모르지만 강할 것 같은 아르카나……,

사신? 아니면 황제인가?

"자, 어쩔 거냐? 누구로 할 거냐?"

교장이 설레는 모습으로 나에게 물어봤다. 나는…….

"저기…… 간도 교장 선생님. 물어보고 싶은 게 있는데요."

"오! 뭐든 물어봐라! 이래 봬도 선생님은 선생님이니까! 후훗히."

왜 지금 아이카츠처럼 웃은 거지.

"유우가오제 가가 미츠이시 이바자에게 빼앗긴 것을 전부 돌려받을 수 있나요?"

다시 회장에 술렁거렸다.

"……뭐, 못할 건 없지. 내 권한이라면. 그래도 말이다."

"그럼, 그걸로 부탁드립니다. 아, 유우가오제 가의 부하였던 사람들도 포함해서요."

간도 교장은 팔짱을 끼고 고개를 갸웃했다.

"뭐, 난 상관없지만 말이다. 진짜로 그걸로 좋은가?"

"네."

"모처럼의 찬스라고? 후회할지도 몰라. 죽기 직전에—— 그때 이 녀석을 죽여뒀어야 했어…… 라면서."

"아뇨, 모처럼의 찬스이기에 소중한 동료를 돕는데 쓰고 싶어요. 저에게 가장 소중한 것은 동료니까요. 모두가 건강하고 웃는 얼굴이 아니면 최강의 마왕 후보와는 싸울 수 없으니까요. 그리고 만약 동료를 도와줘서 진다면…… 그건 그거대로 어쩔 수 없다고 생각해요."

그리고, 라며 나는 덧붙였다.

"만약 돕지 않는다면 '러버즈'의 마왕 후보 실격이에요."

교장은 씨익 웃으며 허리에 손을 댔다.

"좋다! 이 몸이 책임지고 반환시키지!!"

"감사합니다!"

갈비뼈가 아픈 것을 참고 머리를 깊이 숙였다.

"됐으니까 얼른 상처를 치료해. 이제부터가…… 진짜라고."

나는 한 번 더 감사 인사를 하고 스테이지에서 내려왔다.

"유우토오오오오!!"

미야비가 울면서 안겨 왔다.

"미, 미야비! 아, 아프니까, 좀 더 부드럽게."

"아으! 미, 미안!"

서둘러 나에게서 떨어져 물러났다.

그리고 볼을 붉히고 시선만 위로 향해서 나를 바라봤다.

눈물에 젖은 눈동자가 반짝거리며 흔들리고 있었다.

"고마워…… 정말, 고마워! 나의 마왕님!"

이번에는 쉽게 깨지는 물건을 다루듯이 쭈뼛쭈뼛 다가와 내 볼에 살짝 키스했다.

Epilogue

체육대회의 떠들썩함은 사라지고 조용한 밤이 찾아왔다.

학교 안에 남아있는 사람은 거의 없었고, 교사 안도 정적이 지배하고 있었다.

"이야, '데빌'을 쓰러뜨려 줘서 살았어! 다른 마왕 후보들은 그 고유마법을 꺼려해서 계속 상황을 지켜보고 있었으니 말이야."

간도 바르바토스는 교장실의 의자에 깊숙이 앉아 히메가미 리제르를 바라봤다.

"이비자의 고유마법은 정말로 마왕 후보에게도 유효했나요?"

"물론 유효하지! 그래도 좀 불안정해서 말이야. 어느 정도 시간이 지나면 사슬이 끊어져서 정신을 차리는 경우가 있어. 그 전에 상대를 죽이거나 자살시킬 수 있으면 좋겠지만, 못 하면 나중이 무섭지~. 게다가 한 번 끊어지면 사슬 재생에 시간이 걸리니까! 숫자에도 한도가 있으니 마음 편하게는 못 쓴단 말이지."

그렇군. 그래서 미야비의 혈족 마법을 사용해서 효과의 영속성을 도모한 건가── 라고 생각하며 리제르는 마음속으로 납득했다.

유우토의 이야기로는 목줄의 숫자는 열넷. 그 숫자라면 마왕 후보의 반 이상을 지배할 수 있다. 만약 미야비의 혈족 마법을 빼앗겼다면 이비자가 차기 마왕이 되었을 것이다.

"역시 교장 선생님. 잘 알고 계시네요."

"하하하하! 그야 20년 전에 다 죽였으니 그렇지!"

──그랬다.

이 남자는 20년 전에 마왕 대전에서 승리하여 마왕의 자리를 차지했다.

"뭐, 이번에는 인간이 아니면 할 수 없다! 이런 느낌이었는데, 어때? 살아남을 수 있을 것 같아?"

"그걸 알면 고생 안 하죠."

"'러버즈'의 배당률은 제일 낮으니 말이야! 요행수를 노리고 지분을 사둘까! 만약 이기거나 하면 선생님은 완전 부자가 되겠네!"

리제르는 와하하 하고 웃는 교장을 날카로운 눈으로 바라봤다.

언제나처럼 알 수 없는 남자다.

"뭐, 소중히 잘 키우라고. 리제르 양도 상당한 희생을 치렀으니 말이야. 근데 정말로 후회 안 해?"

"……."

"히메가미 리제르가 수명의 절반을 내놓을 가치가 있었나?"

"……이야기는 이상인가요? 팰리스로 돌아가고자 하는데."

"응. 됐어, 수고했어."

리제르는 교장에게 등을 돌려 문으로 향했다.

"아~ 그리고 트라이엄프 녀석들도 물밑에서 움직이기 시작한 것 같으니까 조심해."

──트라이엄프.

즉 '0 풀' 'I 메이거스' 'II 프리스티스' 'III 엠프레스' 'IV 엠페러' 'V 하이어로펀트'.

최강을 모은 마왕 후보 중에서도 특별한 존재라 불리는 여섯 장.

"…… 설마 그들이 벌써 움직이는 건가요?"

"좀 귀찮게 됐지만 말이다…… 뭐, 지금 당장은 너희랑 죽어라 싸우지는 않을 거야!"

그렇다면 다행이다…… 솔직히 지금 트라이엄프가 나서면 끝장이다.

지금은 아직 눈앞에 늘어선 괴물들로 벅차다.

예를 들면 'X 휠 오브 포춘' 'XVII 스타' 그리고── 'XIII 데스'…… 무서운 고유마법을 가진 월등한 괴물들.

애초에 지금의 유우토는 그들에게조차 이길 수 없다.

"아무튼 열심히 차기 마왕을 노려보라고!"

"……실례하겠습니다."

일단 인사를 하고 방에서 나왔다.

달빛이 비치는 복도를 홀로 걸었다.

들리는 것은 자신의 발소리뿐.

"말 안 해도……."

문득 걸음을 멈추고 교장실의 문을 돌아봤다.

"유우토는 내가 마왕으로 만들어 보이겠어."

교장실의 문을 향해 그렇게 중얼거렸다.

"그것이── 그날, 정한 일이니까."

◇ ◇ ◇

"음...... 어라?"

눈을 뜨니, 나는 굉장히 큰 침대에 누워있었다.

그러니까...... 여긴 '러버즈'의 팰리스? 왜 이런 곳에?

"아~ 유우토, 일어났어?"

몸을 일으키려고 하자,

"아앗! 아직 아직 누워있어야 해요! 해요!"

미야비랑 레이나?

목만 일으키니,

"짠~. 어때?"

에로한 간호사가 서 있었다.

진짜 간호사와는 관계없는 코스프레 같은 제복. 몸에 딱 달라붙고 노출도 많은 편이었다. 귀여움과 야함이 동거하고 있었다.

미야비의 바디라인이 쭉쭉빵빵한 게 하나의 원인이기도 하지만.

"어디, 어디 아픈 곳은 없나요?"

같은 간호사복이라고 해도 이쪽은 귀엽다. 정말 순수하게 귀엽다. 에로한 시선이 끼어들 틈이 없는 불순함이 없는 귀여움. 할로윈의 초등학생에 비견되는 흐뭇함. 보고만 있어도 마음이 정화될 것 같았다. 나도 모르게 내 마음도 깨끗해진 것 같았다.

"지금 지금, 물을 가지고 올 게—— 햐앗?!"

여전한 덜렁이 짓.

그리고 여전히 뜻밖에 벌어지는 야한 시추에이션.

발을 헛디뎌 엉덩이를 높이 들어 올린 모습으로 쓰러졌다.

순수함은 어디로 갔는지 궁금해지는 끈팬티. 내 마음이 깨끗해진 것은 한 순간이었다.

미야비가 내 머리맡에 커다란 엉덩이를 내리고 앉았다.

"유우토 기억 안 나? 체육대회 MVP를 발표한 뒤에 쓰러졌다구?"

"……그래?"

전혀 기억이 안 난다.

"그렇다구. 내가 볼에 쪽 한 뒤에 휘청하더니 꽈당했는걸. 깜짝 놀랐어."

"그런가…… 마력을 다 써서."

이비자와의 싸움으로 거의 다 썼었지만…… 그래도 폐회식까지는 끝낼 수 있을 줄 알았다.

"저기 저기, 리제르 선배의 말씀으로는 무의식중에 마력을 써서 아픔 같은 걸 억누르고 있었던 게 아닐까 라고……."

일어선 레이나가 덧붙였다.

"그렇구나. 서서히 줄어들었고, 마침 그 뒤에 바닥이 난 건가."

뭐랄까, 마지막의 마지막에 야무지지 못하네…….

부끄러움에 쓴웃음을 짓고 있으니 문이 열리고 또 한 명의 소중한 사람이 들어왔다.

"유우토, 정신이 들었…… 아니."

기쁨이 넘치던 표정이 순식간에 험악해졌다.

"너희들, 뭐야? 그 모습은."

"하와왓, 이건 이건!"

허둥대는 레이나와는 반대로 미야비는 섹시한 포즈로 대답했다.

"이거? 역시 다친 사람에게는 간호사잖아! 그치? 유우토도 좋지!! 분명 상처도 빨리 나을 거라고!"

그런 효과가?!

리제르 선배는 두통이 있는 것처럼 손끝으로 이마를 짚었다.

"정말이지…… 그렇게 난리를 피우면 오히려 다친 곳에 안 좋잖아."

"그럼 뒤는 나한테 맡겨줘! 선배랑 레이나는 돌아가도 괜찮다구?"

"뭐……."

리제르 선배는 발끈한 얼굴로 대답했다.

"너야말로 다친 사람을 간병하는 데 안 맞아. 뒤는 내가 맡을 테니까, 이제 돌아가. 집도 돌아왔으니까."

"응, 그치만…… 유우토가 걱정되는데."

볼을 물들이고 눈을 반짝반짝 빛내며 다가왔다.

"미, 미야비?"

"에헤헤, 너무 그렇게 부끄러워하지 마. 나도 부끄러워지잖아."

리제르 선배가 인내의 한계를 돌파한 것처럼 미야비를 떼어냈다.

"뭐하는 거야, 넌!"

"에~ 그치만, 유우토랑은 키스한 사이잖아…… 에헤헤♥"

뭔가가 툭 하고 끊어지는 소리가 들린 것 같았다.

"그럼 나도 할 거야!"

리제르 선배가 미야비의 반대편 머리맡에 앉았다.

"에엑?!"

그리고 나를 덮쳐온다?!

"그것도…… 어, 어른의 키스야."

"어른의?!"

"잠깐, 선배 치사해!"

"치사한 건 미야비잖아?! 뭐야 혼자서만 멋대로 키스 같은 걸 하고!"

"두, 두 분 다, 싸움은 싸움은, 안 돼──."

눈물을 글썽이는 눈으로 말리려고 한 레이나의 몸이 기우뚱 기울었다.

──레이나?

마치 인형이 넘어지는 것처럼 그대로 바닥에 쓰러졌다.

"레…… 레이나?!"

서둘러 달려가 안아 일으켰다.

하지만 그대로 열려있는 레이나의 눈동자는 아무것도 보고 있지 않았다.

마왕학원의
반역자

'마왕학원의 반역자' 제2권입니다! 제1권이 호평을 받아 정말로 기쁜 쿠지 마사무네입니다! 사주신 독자 여러분, 정말 감사드립니다!

이어지는 2권도 위험하니 서점에서 팔랑팔랑 넘기고 있는 사람은 바로 계산대로 가지고 갑시다. 이번에 등장하는 마왕 후보는 '데빌'!! 안 그래도 마족이 다니는 학원인데 그중에서도 '데빌' 아르카나를 가진 녀석이라니……?!

그렇게 무서울 것 같은 마왕 후보와는 대조적인 캐릭터도 새로 등장! 이름하여 '저지먼트'의 마왕 후보, 코우마 루키. kakao 선생님의 캐릭터 디자인이 범죄적으로 귀여워!! 하지만 어째 뭔가 만만치 않은 듯한……? 그건 꼭 읽어서 확인해보세요!

그리고 유우토도 리제르, 미야비, 레이나 일행과의 관계를 돈독히 해나가는데, 새로운 일면도 보이기 시작하기도? 그중에서도 이번에는 미야비가 대활약! 어쨌든 이번에도 전개가 빠르고 내용이 풍부하니 꼭 즐겨주세요!

그리고 말하지 않을 수가 없는데, 1권에 이어서, 아니, 더더욱 훌륭해진 kakao 신의 일러스트. 최고. 아니 완전 최고.

그리고 좀처럼 속보가 없었던 코미컬라이즈에 대해 알려드립니다…… WEB의 도라도라 샵#에서 연재한다고 알려드렸습니다만…… 중지되었습니다.

기대하고 있던 여러분께 죄송합니다. 그 대신이라고 하기에는 뭐하지만, 본지인 월간 드래곤 에이지에서 연재가 결정되었습니다!! 들떠버렸다……?!

그런 느낌으로 독자 여러분과 '마왕학원의 반역자'를 더 신나게 만들어나가면 좋겠구나~ 싶습니다. 재미있다고 생각하셨다면 꼭 인터넷이나 SNS 등 입소문으로 재미를 전해주셨으면 좋겠습니다.

그러고 보니 이번에도 이와테 현의 모리오카에서 일을 하게 되었습니다. 1권을 쓸 때도 장례식 짬짬이 플롯을 썼는데, 설마 저자교정 교정쇄를 가지고 제사에 참석하게 될 줄은 몰랐어요 (웃음). 두 번 일어난 일은 세 번 일어난다고 하니, 설마 3권에서도?!

그럼 감사 인사를 하겠습니다. 더더욱 훌륭한 캐릭터 디자인과 일러스트 감사합니다! kakao 씨!! 지금까지 감사했습니다, 편집자 I 씨. 그리고 이제부터 잘 부탁드립니다, 편집자 나카다 씨. 그 외 출판에 참여해주신 여러분들. 그리고 항상 응원해주시는 독자 여러분. 정말 감사합니다!

그럼 제3권에서도 최강을 무찔러라!!

쿠지 마사무네

MAO GAKUEN NO HANGYAKUSHA Vol.2 ~JINRUI HATSU NO MAO
KOHO, KENZOKU SHOJO TO OZA WO MEZASHITE NARI AGARU~
©Masamune Kuji, kakao 2020
First published in Japan in 2020 by KADOKAWA CORPORATION, Tokyo.
Korean translation rights arranged with KADOKAWA CORPORATION, Tokyo.

마왕학원의 반역자 2 ~인류 최초의 마왕후보, 권속 소녀와 왕좌를 노린다~

2021년 3월 14일 1판 2쇄 발행

저　　　자 쿠지 마사무네
일 러 스 트 kakao
옮 긴 이 박정철
발 행 인 유재옥
본 부 장 조병권
담당편집 정영길
편 집 1 팀 이준환, 정현희
편 집 2 팀 정영길, 김민지, 조찬희
편 집 3 팀 오준영, 곽혜민, 김혜주
편 집 4 팀 성명신
미　　　술 김보라, 서정원
라이츠담당 김슬비, 한주원
디 지 털 박상섭, 이성호, 최서윤
발 행 처 ㈜소미미디어
인쇄제작처 코리아피앤피
등　　　록 제2015-000008호
주　　　소 서울 마포구 토정로 222, 403호(신수동, 한국출판콘텐츠센터)
판　　　매 ㈜소미미디어
마 케 팅 한민지, 이주희
물　　　류 허석용
전　　　화 편집부 (070)4164-3962, 3963　기획실 (02)567-3388
　　　　　　　판매 및 마케팅 (070)4165-6888, Fax (02)322-7665

ISBN 979-11-6611-217-1 (04830)
ISBN 979-11-6507-977-2 (세트)